霊能探偵・藤咲藤花は
人の惨劇を嗤わない
3
JN018572
Author
綾里けいし
Illust. 生川

山査子春日
Kasuga Sanzashi

「さてはて、これにて終演だ」
紅く濡れたホワイトロリータのすそを、
春日はつまんだ。
優美に、彼女は礼を披露する。
そのさまは、バレエでも踊ったあとのようだ。
だが、彼女のそばには男が倒れている。
醜い芋虫のごとく、彼はびくん、びくんと震えた。

「…………モフモフモフ」
「わわわわわわ」
「全世界の皆様、藤花のお腹は
すべすべのもちもちです」
「実況やめてぇ」
「モフモフモフ」
「わわわわわわ」
そうして、二人はしばらくじゃれあった。
ふかふかのベッドに、朔と藤花は倒れこんだ。
朔は藤花のうすいお腹や、
細い腰をたんのうした。
わわわわわわと慌てながらも、
藤花は好きにされている。
精神的疲労を癒すため、
朔はここぞとばかりに藤花をなでた。
藤咲朔
Saku Fujisaki

藤咲藤花
Toka Fujisaki

「もっと早く、
にこうするべきでしたね、
兄上殿」
「確かに、
僕にもそんな気はしているよ、
妹君殿」

春日はささやく。
冬夜はうなずく。
兄と妹は、
互いの殺意を肯定した。

山査子冬夜
Toya Sanzashi

contents

〇一〇 —— プロローグ
〇一四 —— 第一の事件 眼球潰し
〇七八 —— 間話
〇八二 —— 第二の事件 死者の手首
一二六 —— 間話
一三二 —— 第三の事件 天使の墜落
一九二 —— 間話
一九四 —— 第四の事件 おはようかみさま
二三六 —— エピローグ 座敷牢に残されていた異能消去者の男の書き置き

design TANIGOME KABUTO(musicagographics)

霊能探偵・藤咲藤花は人の惨劇を嗤わない 3

Author 綾里けいし
Illust. 生川

藤咲藤花

「かみさま」になりそこねた
少女。
朔とともに藤咲からの
逃亡生活を送っている。

藤咲 朔

異能を強める
特殊な眼を持つがゆえに、
数多の異能の血筋から
その力を狙われている。

プロローグ

蝶が飛んでいる。

ひら、ひらり。

うす暗くかげった空間を、まるで薄紙が舞うかのごとく踊っている。
そのさまは桜の花弁にも似て、また、違った華やかさを誇っていた。

蝶が飛ぶ光景は淡く、儚くも見える。それなのに、どこかしっかりとした芯の強さも感じさせた。蝶が生き物であることから、そんな印象はくるものだろうか。桜の花弁とは異なり、彼らが己の意志を持つように思えるためであろうか。
そう、朔は考える。続けて、彼は目をとじた。

（ああ、だが、ここにいる蝶たちは、）
一匹たりとも、生命ではないのだ。

この絢爛に舞う蝶の群れは、すべて異能で生みだされたものたちだけで構成されていた。

術師が死ねば、脆くも消える。蝶たちは、そういう哀れな存在だ。

同時に、朔は思い悩む。それは、本当に哀れなことなのだろうか。

いつ、いかなるときでも死にかねないのは人も同じだ。

ちょうど、間近でくりひろげられている光景のように。


朔は目を開く。


彼の前には、青年と少女がいた。

青年のほうは血にまみれている。

猫の面を頭に載せた青年と、ホワイトロリータを着た少女。

ふたりはまったく似ていない。だが、鏡映しのように瓜ふたつでもあった。

朔は察している。

この二人は、根底が同じなのだ。

両者は血をわけた兄妹であり、精神性が近く、魂の底の部分が癒着していた。まるで細かな根が絡みあい、繋がってしまった植物のように。それでいて、彼らは激しく憎みあってもいた。片方が生きていては、息もできぬかのごとく。

その憎悪は深く、強く、鮮烈で、とてもとても、馬鹿らしかった。

他でもない彼ら自身も、そう知っている。


そのことも、朔は把握していた。

だからこそ今、兄のほうは言うのだ。

「なぜだろうね、妹君殿。今まで、僕らはなんども互いを殺そうとしてきた。それなのに、僕はこの結末を予想しなかったんだよ」

「甘いですね、兄上殿。私は何度も思い描いてきましたよ」

不敵に笑って、妹は応える。その肩のうえに、蒼い蝶が止まった。

ひらひらと、蝶は羽根を動かす。鮮やかに飾られながら、彼女は続けた。

「私たちは、必ず死に別れるだろうとね」

その声は、楽しそうで。

確かに悲しそうだった。

第一の事件　眼球潰し

――朔君、がんばって、朔君

暗い、暗い、階段を昇る。
熱い、熱い、血が垂れる。

――朔君、死なないで、朔君。

誰かが、誰かが泣いている。
愛しいものが、泣いている。

――朔君、どうか。

外に出る。
外は白い。

朔は思う。
これは桜だ。
桜が咲いている。
あの日のように。

その中で、

泣いて、
泣いて、
泣いて、

いとしい人は。

「君が死んだら、僕も死ぬね」

最後にそうとだけ言って、笑った。
とても、とても綺麗な笑みだった。

彼女が笑った、それだけで。
死んでもいいと朔は思った。

それから、

それか、ら?
どうなった?

＊＊＊

チクタク、チクタク、チクタク。

濃い暗闇の中で、長い針が時をこまかく刻んでいく。
飽きることなく、それは同じひびきをくりかえした。

チクタク、チクタク、チクタク、チクタク、ぼぅううううううううううううん。


だが、不意に鈍く、重い音が鳴った。

鐘の音が、一定の時の経過を告げる。


それにうながされたかのように、朔は目を開いた。


「……あ、れ？」

まず、彼は視界に広がる紅色に驚いた。

遅れて、朔は自分が今どんな状況にいるのかを把握した。

彼は知らない部屋の中で寝台のうえに横たえられている。

眼前には、紅く塗られた天井が広がっていた。その中央には、白い蓮の花が描かれている。

さきほど聞こえた音の出どころが自然と気になり、彼は視線をさまよわせた。

白い柱時計が紅い壁面に半ばめりこむようにして立っている。まるで建物に家具が食われたかのような配置だ。その異様な姿からは、持ち主の独特なセンスをうかがい知ることができた。

同時に、朔は気がついた。

室内は紅と白だけで構成されている。

そこに、一番大切な黒色が見えない。

「……藤花（とうか）」

『君が死んだら、僕も死ぬね』

そう、泣きながらほほ笑んでいた人がいないのだ。

まさか、なにか、まちがいがあったのではないか。

自分だけが生き残り、藤花は死んだのではないか。

その可能性に思い当たり、朔（さく）はゾッとした。

ぐっとシーツを握りしめ、彼は寝台から身を起こす。ずきりと、脇腹が痛んだ。立ちあがろうとして、朔は転ぶ。ベッドから、彼は勢いよく落下した。だが、そんなことはどうでもいい。

あたりを、朔は必死に見回した。すがるような気持ちで、彼は悲痛な声で叫んだ。

「藤花ぁっ！」

「なにー、朔君」

とうぜんのごとく、くぐもった返事があった。

えっ、と、朔は思わず固まった。バッと、彼は首を動かす。

見れば、左の壁には小さな扉が設けられていた。

その向こうから、声は聞こえた。

朔が凝視する前で、扉はゆるやかに開かれた。

黒髪をさらりと揺らして、一人の娘が姿を見せる。その容貌はすばらしく美しい。人形のごとく、すべての造作が整っていた。肌は雪のように白く、髪は黒い。朔は彼女を見知っている。

藤咲藤花だ。

クラシカルな黒いワンピースを身にまとい、彼女は歩いてくる。その手には盆が水平に持たれていた。ガラス製の急須と茶器を、藤花は慎重に運んでいる。

「よいしょ……よいしょ……って、朔君!? 朔君だって!? 目が覚めたの？」

ひょいっと、藤花は盆を放り投げた。

後ろへと、急須と茶器が飛んでいく。すごい音をたてて、それらは割れた。茶が飛び散る。

まさしく大惨事だ。

だが、藤花は振り向こうとすらしなかった。今にも転びそうな勢いで、彼女は駆けだす。

そして、朔の腕の中に飛びこんだ。

「朔君！　朔君、朔君！　朔君！」

「……藤花」

「目が覚めたんだね、よかった！　このまま、ずっと起きることがなかったらどうしようって思っていたんだよ。後を追うことすらもできないんじゃないかって……よかった。本当に！」

ぎゅっと、藤花は朔に抱き着いた。

ふたたび、彼は脇腹に鋭い痛みを覚えた。だが、それを無視して、朔(さく)は腕に力をこめた。彼は藤花(とうか)を強く抱きしめ返す。腕の中の温かさを確かめて、朔はつぶやいた。

「……藤花だ」

「うん、僕だよ」

「藤花の匂いだ」

「うん、朔君も朔君の匂いがする」

「俺の藤花だ」

「君の僕だよ」

藤花の肩に、朔は顔を埋(うず)めた。なめらかな黒髪が、さらさらと心地よく頬(ほお)を撫(な)でる。彼女からは甘い匂いがした。藤花の肩は薄く頼りなく、温かい。その温度に必死になってすがりつきながら、朔はボヤけていた記憶を取り戻した。

処刑、内臓、首、雪、待っていた女。

永瀬(ながせ)での陰惨な事件の数々。

未知留(みちる)の告白。

朔の罪。

最後に崩れ落ちる、甲斐羅(かいら)の姿。

だが、そのすべてがどうでもよかった。


（俺の腕の中に、生きた藤花がいる）

それだけが、唯一の大切なことだ。

本当に、酷薄に、
ただ、ひとつの。

＊＊＊

「ごめんな、藤花……心配をかけた」

「こうして、朔君が目覚めてくれたから、なんでもないよ」

藤花の顔に朔は頬をすり寄せる。彼女の肌は柔らかい。くすぐったいのか、藤花は小さく笑った。さらにスリスリと、朔は頬をくっつける。同じように、藤花もぴたりと顔を触れさせた。

「えへへ、朔君、あったかいよ」

「ああ、藤花もあったかい」

「生きている温度だね」

「そうだな」

「朔君、好き」

「俺もだよ」

「ふふっ」

「ははっ」

そうして、二人は子犬のようにじゃれあった。鼻先を触れあわせ、指と指を絡める。相手の顔を撫(な)でて、互いのまったく違う輪郭を愛(め)でた。だが、いちど離れる。

距離を開けて、二人は見つめあった。

「……朔君」

「……藤花」

ゆっくりと朔たちは顔を寄せる。

自然と、二人は唇を重ねかけた。

そのときだ。

「すまないが、後にしてくれないかな?」

不意に、横手から声がかけられた。

驚いて、朔は顔を跳ねあげる。

見れば、紅い中華風の椅子にひとりの青年が座っていた。

長く艶やかな黒髪を軽くくくって、彼は左肩に流している。その肌は異様なほどに白く、造作も形よくまとまっていた。しかし、頭のうえには、なぜかふざけた猫の面が載せられている。

朔たちのほうを真顔で見ながら、彼は続けた。

「僕は男女の肉の触れあいが苦手でね。どうしてもやりたいのならば、僕からは絶対に見えないところでやってもらえると助かるよ」

「あなたは……」

「そうか、そうか。君は知らないか」

腕を組んで、青年はうなずく。自身の胸に、彼は掌を押し当てた。

そして、青年は優雅に名乗った。

「僕の名は冬夜――山査子冬夜」

それを聞いて、朔は目を見開いた。

藤咲のような『かみさま』こそ持たないといえ、異能の家は他にもいくつかある。

東の駒井、西の先ヶ崎、預言の安蘇日戸。

朔たちの脱出した、十二の占女をそろえる永瀬。

そして――。

「そう、『神がかりの山査子』だよ」

にやりと、まるでチェシャ猫のごとく。

異能者の青年は、嫌な笑みを浮かべた。

＊＊＊

「君たちはね、永瀬の隠し通路の先で倒れているところを、僕が拾ったんだ。特に君にかんしては、早急に治療をしなければ死んでいるところだったので、今すぐにでも感謝をして欲しい」

「それは……ありがとうございます。助かりました」

「礼を言って欲しいわけじゃないよ」

「でも、今、感謝をして欲しいって」

「言ってはみたものの、人の好意というものは直にぶつけられると気持ち悪いものだね」

「……はあ」

青年——冬夜の言葉に、朔はあいまいな返事をした。実際、どう返せばいいものかよくわからない。その前で、彼は猫の面を退屈そうにいじっている。

数秒の沈黙の後に、朔は口を開いた。

「どうして、俺が隠し通路の先で倒れていることがわかったんですか？」

「少し違う。まさか、あそこで藤咲（ふじさき）の脱走者の二人が釣れるとは思わなかった」

「なら、どういうことですか？」

朔は首をかしげる。なぜ、タイミングよく、彼は自分たちのことを拾ったのかと。

冬夜はあくびをした。彼は丸机に伏せていた哲学書を手にとる。そのまま、冬夜はなにごともなかったかのように、ページをめくりはじめた。読書へと、彼はあからさまに没頭しはじめる。

静寂が続いた。

さらなる沈黙をはさんだあと、朔は声をかけた。

「あの」

「ああ……なに？」

「話の途中ですが」

「そうだったかもしれない」

「まちがいなく、そうです」

呆れつつ、朔はうなずく。

ふたたび、冬夜は丸机のうえに分厚い本を乱暴に伏せた。紙が傷むことは気にしない性質らしい。冬夜は長い足を組んだ。そして、ようやく、彼は話の続きを語りだした。

「永瀬で異様な事態が起きていることは、異能の一族ならば皆、察していた。中でも、僕は『そろそろ致命的ななにかが起こる』と踏んでいてね。以前、永瀬の周囲を探らせたときに見つけた通路を張っていたのさ。おもしろいモノが、奥から出てこないかと思ってね……結果は」

予想以上だった、かな？

冬夜はささやく。もう一度、彼は猫のように唇を歪めた。気だるげに、冬夜は頬杖をつく。歌うように、彼は続けた。

「永瀬の観測の結果、君たちのことは死んでいたと、藤咲には報告をしてある。永瀬の邸内からは、それは多くの焼けただれた死体もでた。発覚は遅れるか、もしくは、うまくいけばこのまま死亡で通せるだろう」

「……それは」

「安心したかい、『異能の目』の朔君」

「なぜ、そのことを」

「異能者の間では有名な話さ」

朔は唇を噛んだ。藤咲の新たな独裁者をめぐるごたごたのうちに、彼の情報は広く知れ渡ってしまったものらしい。おそらく、藤咲から脱出したものたちが、朔の情報を売ったのだろう。

それは自由を望む朔と藤花にとっては、致命的な事実だった。

ふたりの反応を観察し、冬夜は笑みを深めた。甘く、彼はささやく。

「そう心配する必要はないさ」

だが、そのあとに冬夜は絶望的な言葉を足した。

独善的かつ、威圧的な口調で。

「君たちのことを、もっとも上手く使えるのは僕だからね」

＊＊＊

「ところで……君たちはいつまでその体勢でいるんだい？」

「その体勢とは？」

「その体勢、だよ」

冬夜と話す間中、朔は寝台に腰かけていた。

彼の膝のうえに座り、藤花は冬夜に背中を向けている。つまり、藤花は朔にコアラのごとく抱きついていた。話をしながら、朔はゆっくりとその背中を撫で続けている。時たま、髪をすいたり、耳をくすぐったりもした。そのたびに、藤花は嬉しそうに朔の首筋へ顔をくっつける。

その様を眺め、冬夜は嫌そうに眉根を寄せた。

「僕は男女の肉の繋がりは嫌いだって言っただろう？」

「俺も藤花も服は着てますよ」

「布一枚ていどに意味なんてあるものか」

「そんな、むちゃくちゃな」

「ほら、僕の茶器セットと茉莉花茶を、勢いよくだいなしにした藤花君。君も女子ならば慎みをもって、男子の膝から降りたまえ」

「嫌だい」

「……嫌だいときたか」

冬夜は額を押さえた。

その前で、ふるふると藤花は首を横に振る。朔に回した腕に力をこめて、彼女は訴えた。

「僕と朔君は一心同体だよ！　ひき離すことなんてできないんだよ！」

「君たちはチョウチンアンコウの雄と雌かい？」

「……えぇー、すごい微妙な喩えかたをされたよ、朔君」

「いや、俺に言われても」

「なんか、もっとロマンチックな喩えがいいな……」

ぷうっと、藤花は頬をふくらませた。愛らしいなと、朔は真面目に考える。続けて、彼はうーんと思案した。多くはない知識をあさって、朔は答える。

「比翼の鳥？」

「そういうやつ！」

「連理の枝？」

「それもいいね！」

「君達、いいかげんにしたまえよ」

終わらないやりとりに、冬夜は深いため息をついた。ますます、藤花はふくれる。

心底呆れたように、冬夜は言った。

「僕はね、君たちみたいな馬鹿なカップルはかなり嫌いだよ」

「そこはバカップルって言ってくださいよ」

「朔君は馬鹿じゃないけれども、僕は馬鹿でいいよ。朔君にくっつけることのほうが大事だよ」

「やれやれ……話がまったく進まないね。悪いけれどふざけるのはここまでとしておこうかな」

そこで、彼は表情を切り替えた。不意に、冬夜は頭につけている猫の面を手にとる。

それをスッと、彼はそれを顔のうえへと滑らせた。

「にゃあお」

仮面をかぶって、冬夜は鳴いた。

それだけで、朔は空気が変わったことに気がついた。

どろりと、粘ついた嫌なものに。

その中で、冬夜はくぐもった声で続けた。

「話をしようか」

「なんの、」

話をするのかと。

聞きたくて、聞きたくなくて。朔は言葉を呑みこむ。

その前でためらいなどいっさいなく、冬夜は続けた。


「神様の話だよ」


朔にとって、『かみさま』とはひとりだけだ。

そして、彼女はもう死んだ。

だが、冬夜は続けるのだ。


「『神がかりの山査子』とは正確に言えば『憑き物筋』なのさ。ただし、狐狸のたぐいではなく、『神様を憑かせる』ところが変わっている」

「『神様を憑かせる』？」

「ああ、そうさ。僕たちはそうして生きてきた」

おとぎばなしのごとく、彼は異様な話をはじめた。

『かみさま』にはさよならをしたあとだと言うのに。

＊＊＊

「そう、遠くはない話さ」

猫の面は、語りつむぐ。

異様で、不気味な話を。

「僕たちは山査子に憑くものたちを、『神様』と呼んではばからない。だが、正確には『なにを』呼べているのかは、自分たちにすらもわからなくてね。己に憑かせたものごとに、目覚める異能の種類や強さは異なる。そして——最近、ある男に『本物の神様』としか思えない、強力な存在が憑いたんだ」

『本物の神様』とはなんだろう。

人に憑く時点で、それは本物とはかけ離れているのではないか。

絶対的な『かみさま』とは、人には依存しない。そういうものだと、朔は思う。

だが、彼のとまどいには構うことなく、冬夜は続けた。

「『本物の神様』がただの人ごときの器におとなしく収まるはずもない。体内からの圧に耐えきれず、『神様』を自身に憑かせた男は正気を失った。そして、さずかった異能を無意識的に使いまわりながら、暴走したんだ。そのままにしておけば、山査子は全滅をまぬがれなかっただろう――だが、ちょうどもうひとり、強力な異能に目覚めていたものがいてね」

「……その人はどんな能力を持っていたんですか？」

「『すべての異能を消去』することができる『目』を有していたのさ」

「はっ？」

思わず、朔はまぬけな声をあげた。

もって生まれた異能は、ある意味臓器のようなものだ。己から切り離すことすらできない。それを消せるなど、朔にはそちらのほうがよほど神様じみた所業に思えた。

彼の驚きには反応せずに、冬夜は語る。

「だが、その『目』をもってしても、『本物の神様』の力を完全に消すことはできなかった。別の方法として、山査子の根本的異能である、『憑き物を受け入れる素養』そのものを消去することで、結果的に『本物の神様』をも消す道も考えられたが……異能消去者の話では、『本物の神様』の力に阻まれて、それはできないそうだ。だが、消すことはできずとも、『本物の神様』の暴走は抑えられた。ふたりは未だ拮抗状態にあり、見つめあい続けている」

つまり、と朔は思った。

『本物の神様』の降臨と暴走——果ての拮抗状態は、冬夜が語るとおりにごく最近のできごとなのだろう。どちらか片方が寿命で死ねば拮抗は自然と崩れ去る。だが、それまでが長いのだ。

猫の面に顔を隠したままで、冬夜は言う。

「山査子では、この『本物の神様』を制御できたものこそを次期当主にすると決められている」

「それで、俺になにを頼みたいと？」

「話が早いね」

くつくつと、猫の面は笑った。だが、その表情は見えない。笑っているのは、もしかして声だけなのかもしれなかった。あくまでも楽しげに、猫の面は続ける。

「現状をなんとかする方法は、ふたつ考えられる」

ぴっと冬夜は白く長い指を二本たてた。

一本を音もなくもどして、彼は続ける。

「ひとつは、異能消去者の『目』の力を高めて、拮抗状態を破る方法だ。だが、彼の『目』は異能増幅の力も消してしまうため、こちらに朔君の力を利用することはできない。もうひとつは、別の誰かの『憑き物を受け入れる素養』を君の目で限界以上に高め、『本物の神様』の新たな器にすることだ」

「つまり、あなた、ですね？」

「ほんとうに話が早いな」

声ばかりは感心したように、猫の面は言った。

なるほどと、朔は考える。

つまり、冬夜は朔の助力によって、己の『憑き物を受け入れる素養』——これも山査子の異能のひとつと捉えられるので、朔の目による増強は可能だろう——を高めさせ、『本物の神様』を今憑いている男の体から、自分の体へと移すつもりなのだ。そうして、『本物の神様』の力を手に入れさえすれば、当主に選ばれるどころの話ではない。

誰も冬夜には逆らえなくなるだろう。


異能者とは崇められるか、蔑まれるかだ。

異質な人間か、化け物か、あるいは神か。


どれかを選べるというのならば、皆、神を選ぶだろう。

「僕が神様をひき受けたあとも、朔君には定期的な異能増幅のための補佐官を務めてもらわなければならない。二番目の提案を実行したが最後、君は生涯を僕のそばですごすことになるね」

「俺はそんなことは嫌ですが」

「ただで、とは言わない。代わりに、藤花君との平和な一生を約束するよ」

ひゅっと、朔は息を呑んだ。それは、彼が一番望むものだ。冬夜には朔と藤花を無理にひき離す気はないらしい。朔さえうなずけば放浪の旅はここで終わるのだろう。だが、そのときだ。

「朔君の異能であなたの素養を高めてもなお、『本物の神様』のほうが力が強く、制御ができなかった場合はどうなるんだい？」

藤花がたずねた。朔に抱きついたまま、彼女は振り向く。臆することなく、藤花はじっと猫の面を見つめた。藤花の瞳はきれいに冬夜のことを映す。

その目は、嘘を暴こうとするかのようだ。

また、猫の面はくつくつと笑った。声ばかりは愉快そうに、冬夜は言う。

「痛いところを突くね」

「相手が、『神』とたとえられるほどに強力ならばどれだけ素養をあげたところで暴走のリスクはまぬがれないはずだよ。あなたが抑えきれなかったとき、いったいなにが起こるんだい？」

藤花は、問う。

猫の面は笑う。

笑って笑って。

彼は、続けた。

「そのときは、たんに世界が滅ぶだけさ」

＊＊＊

針が、時間を切り刻む音が響く。

チクタク、チクタク、チクタク。

「あっ、こんなところにもあった！」

それに、藤花が破片を拾う、カチャカチャという音が重なった。彼女がぶん投げたのは冬夜の茶器だったらしい。藤花による盛大な破壊行動について、彼は特に怒りはしなかった。だが、掃除はしておくようにとのことだ。言いつけを守って、今、藤花は割れた茶器を片づけている。

冬夜はここにはいない。考える時間が必要だろう？　と彼は姿を消した。

そして、朔は考え続けている。

「えーっと、これで全部かな。次は、拭くのをがんばるよ！」

愛らしく、藤花は胸を張った。欠片を拾い集め終え、彼女は飛び散った茶を布でぬぐっていく。ふだんならば、元従者である朔が率先してやるところだ。だが、彼はうまく動けなかった。

脳内には、さきほど聞かされた言葉が渦を巻いている。

『藤花君との平和な一生を約束するよ』

『そのときは、たんに世界が滅ぶだけさ』

(成功すれば、藤花との平穏が得られる。だが、失敗すれば世界が滅ぶ)

おそらく、世界が滅ぶとは比喩表現にすぎない。だが、山査子が一度全滅しかけたことはたしかだ。強力な異能者が暴走すれば多くの人が死に、血が流れ、被害がでるのはまちがいない。

それに、だ。

(成功したところで冬夜に一生を縛られることには変わりはない)

果たして、それは望むべき結末だろうか。深く、朔は思い悩む。

そのとき、彼はあることに気がついた。ハッと朔は目を見開く。

「……あっ」

思いついた考えに彼は身を浸す。だが、集中を長く続けることはできなかった。

掃除を終えた藤花が駆け寄ってきたのだ。なぜか不安そうに、彼女は口を開く。

「朔君、朔君」

「どうした、藤花？　悪いな、ひとりで掃除をさせて」

「僕が壊したんだから、全然だよ……それよりも、さ」

チクタク、チクタク、チクタク、プシュー。

彼女の声の背後に、朔は不思議な音を聞いた。目をこすって、藤花は言う。

「なんだか、眠く、なってきた、よ……」

藤咲の本家でのできごとを、朔は思いだした。似たような手法で、彼らは眠らされたのだ。

誰かが薬を噴霧している。

「藤花……逃げ……」

終わりまで、言葉をつむぐこともできなかった。

早急に、ゆるやかに、朔は意識を失う。最後にせめてと、彼は藤花を強く抱きしめた。

どこで目覚めたとしても。

けっして、離れはしないように。

＊＊＊

桜が、

桜が咲いている。

朔は気がつく。

自分はかつての、もう失われた光景を前にしている。

永遠に変わらない鳥籠のなかでは、黒い少女が笑っていた。彼女はおそろしい人だ。だが、存外に慈悲深い人でもあることを、朔は知っている。その細い背中へ向けて、彼は語りかけた。

「あなたが生きていれば、俺が『やるべきか否か』を、問うこともできたのでしょうか？」

朔はたずねる。

彼女は応えない。

ただ、ほほ笑むだけだ。

それも、とうぜんだ。『かみさま』は死んだのだから。

永瀬の中庭で、占女の『本物』相手に語ったことを、朔は思い返す。いつか、藤花のために朔が死んでしまわないか――そう、心配ばかりしていた人へと、朔はぽつりと言葉を落とした。

「俺はあなたに死んで欲しくはなかった」

もう遅い。

もう、なにもかもが遅い。

少女のほほ笑みは永遠で。


そして、虚ろだ。

＊＊＊

「朔君……朔君……朔君！」

すがるような声で、朔は目を覚ました。

確かめるように、彼はその名前を呼ぶ。

「…………藤花？」

こくんと、藤花はうなずいた。

朔は歯を嚙み締める。彼の前には彼女がいた。

『かみさま』のように、藤花は死んではいない。

それを確認すると、朔は反射的に動いた。彼女を、ぎゅっと抱きしめる。小さく、藤花は跳びあがりかけた。だが、朔はその体を押さえこんだ。無理やり、藤花を腕の中へと閉じこめる。

「わっ、ちょっ、なっ、なに？」

「……藤花がそこにいたから」

「なに？　僕が目の前にいると、朔君は自然に抱きしめるものなの？　って……わーっ、ちょっ、待って！　直にお腹をぺたぺた触らないで！」

「……癒しが欲しくて」

「わっ、ちょっ、後にして！　後ならいいから！　後なら許すから！」

「……許されるんなら、藤花にいろんなことがしたい」

「僕の朔君がこわれたー！　いや、僕もいろんなことをされたいけど、ちょっと、あの」

「やれやれ、聞きしに勝る熱愛ぶりだ！　確かに、駆け落ちをしただけのことはある！」

第三者の声が聞こえた。

バッと、朔はすばやく動いた。抱きしめたまま、彼は藤花をかばう体勢をとる。相手は何者かと、朔は体をこわばらせた。その目の前で、なにかが動く。

ひらりと蝶が舞い飛んだ。

思わず、朔は瞬きをする。

ひら、ひらり。

何種類もの、さまざまな色の蝶があたりには飛んでいた。

「ふふっ」

その一匹を、少女は指に止まらせる。

白い少女だ。ある種藤花と似ている。


クラシカルなホワイトロリータに、彼女は身を包んでいた。可憐で少女性の高い衣装は、その華奢な体つきによく似合っている。美しい少女は、大人には無理な華やかな笑みを浮かべた。

『少女たるもの』という言葉を朔は自然と思いだす。

革張りの椅子のうえで足を組んで、少女は告げた。

「やあ、私は山査子春日」

にいっと、春日と名乗った少女は笑った。

彼女は面をつけていない。だが、たしかにそれは猫の笑みだった。


「残念ながら不肖の山査子冬夜の実の妹だよ」

ささやいて、彼女は紅くうすい唇を開いた。


そして、はくりと、春日は指のうえの蝶を食べた。

＊＊＊

「ああ、君たちも食べるかい？　砂糖の味がするよ」

無邪気に、春日は言う。

そろって、朔と藤花は首を横に振った。蝶を食べる気は、二人にはない。

それは悪食だ。

二人の慌てぶりを眺めて、春日はああとうなずいた。くすくすと、彼女は愉快そうに笑う。

「そうか、君たちはこれを本物の蝶だと思っているんだね。怯えるわけだ。違うよ。これは、私の異能でだしているものさ。なぜ、砂糖の味がするのかは、よくわからないのだけれどもね」

ふわり、新たな蝶が春日の指のうえに止まった。今度も食べるような動きを見せつつ、彼女はやめた。橙色の羽根に、春日はかろやかにくちづける。そして、ささやいた。

「私は蝶をだせる異能持ちだ。つまり、私にはもう、『私の神様』が憑いている。『新たな神様』はひき受けられない。いままで無能のごく潰しを貫いてまで、適当な『神様』を憑かせることを拒否して、チャンスをうかがってきた、あの兄上殿とはちがってね」

吐き捨てるように、春日はその事実を口にした。つまり、彼女はどんなに足掻いても、『本物の神様』の器となることはできないのだ。そう語る声には、本物の憎悪と殺意が覗いている。

朔は目を細めた。本気で、春日は冬夜を嫌っている。そして、彼女は歌うように続けた。

「だから、私は彼の邪魔をしたいし、たくらみをだいなしにしたいのさ」

「だから」

「そう、話が早いね。だからこそ、君たちを攫わせてもらったよ」

けらけらと、春日は笑った。

そこでようやく、朔は自分たちが移動する車の中にいることに気がついた。運転席の様子はマジックミラーで見えない。永瀬のときと同じく、窓には透過度ゼロのスモークガラスがはめられている。朔の脳内にこのまま山奥へと運ばれ、埋められるイメージがスムーズに浮かんだ。

藤花をさらに抱き寄せながら、彼はたずねた。

「俺たちをどうするつもりなんだ」

「安心したまえ。すぐに殺すような野蛮なことはしないとも」

つまり、『殺す』可能性はあるのだ。そう、朔は理解する。

朔は緊張し、警戒した。そんな彼の前で、春日は頬杖をつく。

「しばらく、君たちには私のそばですごしてもらう。私の役にたつかどうか、判断をさせてもらうためにね。特に、その藤花君の能力に私は興味があるんだ。もしかして、君は私の相棒にぴったりかもしれない」

「……藤花が？」

朔は怪訝な声をだした。たいていの異能者は、朔のほうを求めるものだ。能力の増幅が可能な日は、それだけの希少性を誇っている。誰も彼もが己の異能のために朔のことを欲しがった。

だが、山査子春日は違うらしい。

猫の笑みを浮かべたまま、彼女は続けた。


「私は、趣味で霊能探偵なんかをやっていてね」

相棒にふさわしいかの試練として、藤花君にはその手伝いをしてもらいたい。


そうささやき、春日は楽しげに両手をあわせた。

白い掌のあいだで、紅色の蝶が無惨につぶれた。

＊＊＊

車は一定の速度で進んでいる。

どうやら目的地は決まっているらしい。

崖に向かって、じりじりと走っているような錯覚に朔は囚われた。そうして奈落に落ちるのだ。一方で彼の悩みなど知ったことではないというかのごとく、春日は蝶をだして遊んでいる。

ひら、ひらり、ひらり。

無限に蝶は増えていく。

朔はある光景を思いだした。

桜の花弁が濃密に空間を埋めつくしている。豪奢な桃色の吹雪を、朔はまぶたの裏に描いた。

だが、今、目の前に踊る色たちはもっと毒々しく、鮮やかだ。

ぽつりと、朔は蝶の操り手に問う。

「俺たちをどこにつれて行くつもりなんだ」

答えは返らないだろう。そう朔は予測していた。

だが、ふわりとかろやかに、春日は口を開いた。

「『眼球潰し』の犯人のもとへ、だよ」


――――眼球潰し。


異様な言葉に、朔は目を細めた。

そのひびきには、荒々しく生々しい残忍性がたたえられている。

緊張を孕んだ声で、朔は続けた。

「そいつに、俺たちの眼球を潰させでもするのか？」

「違う、違う。犯人はすでに捕まえて縛りあげてあるのさ。ただ、少しおかしなところがあってね——藤花君ならどう判断するかを聞いてみたいんだ」

「……おかしなところ？」

朔は眉根を寄せる。藤花はなにも言わない。朔に抱きしめられたまま、彼女は無言を保っている。ただ、藤花は朔の胸の中へと強めに身を寄せた。細い肩に回した腕に、朔は力をこめる。なぜか、それが気にいらなかったらしい。眉根を寄せて、春日は無理やり藤花を覗きこんだ。脅すようにあるいは独り言のように、春日はつぶやく。

「ひとつ、忘れてはいけないことを教えておこう。君たちがこれから見るのはね。ゆめゆめ理解してはならない、醜い地獄だよ」


地獄。

そう聞いて、朔はひとつの光景を思いかえした。

『雪が降っているのね』

そうささやき、手を空に伸ばした、女の姿を。

恋に歪み果てた彼女は地獄にいた。
誰にも救われない、美しい地獄に。

そして、朔が選ばなかったから、彼女は死んだ。

（そこに、後悔はない）
だが、悲しみはあった。

嘘ではない。

大事なものはひとつでも。
本当に、悲しかったのだ。

しかし、
それこそが、
残酷というものだろう。

「着いたよ」

春日（かすが）のささやきが、朔（さく）の回想を打ち切る。

言葉にあわせたかのように車は止まった。


ゆっくりと、左側のドアが開かれた。

＊＊＊

まだ、季節は冬だ。

あたりには雪が白く降り積もっている。

その中に、クリーム色をした箱型の建物がそびえていた。よく見れば、元の外壁は雪と同様に白かったらしい。経年劣化によって汚れたようだ。簡素で頑丈な外観は、個人病棟のように見えなくもない。だが、確認できるかぎり、窓はすべてはめ殺しだった。車と同じように、透過度の低い曇りガラスも採用されている。

どこか異様だ。

閉じられた匣（はこ）を思わせる。

あたりを、朔は見回した。

他に建物は見当たらない。連れてこられた場所は、永瀬のように山奥でこそなかった。だが、相当な田舎には位置するようだ。人の棲む家屋とは距離があることだろう。

叫んだところで、どこにも届かない。

その事実を確認し、朔は藤花の手を強く握った。思わず、彼は立ちつくす。

ひら、ひらり、ひら、ひらりと。

その前に、鮮やかな蝶が飛んだ。

「ささっ、中に入ってくれたまえ」

色のついた蝶は白の中の異物だ。

にぎやかにそれらを連れて、春日は言った。

「ここは凄く寒いだろう？　だから急ごうか」

フリルに飾られた両腕を広げながら、彼女は朔たちを招く。その袖に点々と蝶が止まった。

春日が手を振ると、彼らはいっせいに舞いあがる。

(たしかに、この蝶たちは命ではないんだ)

そう、朔は思った。

雪の中を舞い飛ぶ蝶など、蝶ではない。

異質な存在とともに、春日は先に立った。フリルを揺らして、彼女は歩きだす。

「ついてくるんだよ。逃走の意志を見せれば、残念ながらその瞬間に殺すからね」

ちらりと、朔は後ろをうかがった。車のドアは自動で開いた。名前も知らない高級外車の中から、運転手はでてくるそぶりを見せない。また、春日に武器を所有している様子はなかった。ならば、どうやって殺すと言うのか。

（――もしかして、言葉に逆らって、逃げられはしないだろうか？）

「疑いを持ってはいけないよ、朔君。ましてや、逆らおうなんてもってのほかだ」

藤花が口を開いた。はっと、朔は彼女を見る。

緊張でか、藤花は表情をこわばらせて続けた。

「そんなことをすれば僕たちはまちがいなく殺される」

「察しがいいね。やはり、私は君が好きだよ。藤花君」

甘い声で、春日はささやいた。

皮肉と捉えたのか、藤花は返事をしない。ただ、彼女は朔よりも先に立った。春日に並んで、藤花は歩きだす。行かせては危険だ。そう思い、朔は慌てて彼女を追い越した。だが、逃げられないのならば、春日に続くしかない。せめて、藤花の盾になるように、朔は注意して進んだ。

連れだって、三人は匣の中へと入った。

＊＊＊

まず、病院のロビーに似た場所が目に入った。

空間は広めにとられており、受付までもうけられている。

その中には、髪をひとつに結んだ女性が座っていた。彼女は私服姿だ。白衣を着ているわけではない。だが、朔は清潔そうな印象を受けた。また、床にはソファーが三つ並べられている。座って待てるようにとの配慮だろう。空気からは消毒の匂いがする。

あることを、朔はぼんやりと考えた。

（ここは、もしかして本当に病院じゃないのか？）

だが病院だと考えるには異様な点も多々ある。

あまりにも、この場所はうす暗かった。あえてなのか、光源が絞られている。それに、受付以外には人の気配もない。だが、朔がそう思ったときだ。

彼は足音を聞いた。

ぺた、ぺたと、誰かが歩いてくる。

ぺた、ぺた、ぺたり、ぺた、ぺっ。

リノリウムの冷たい床に、肉が貼りつく音がひびいた。だが、それは妙に不安定だ。

理由も、音の正体もわからない。朔は緊張を覚えた。

やがて、暗闇の中から、一人の女性が姿を見せた。

静かに、朔は息を呑んだ。

藤花は、なにも言わない。

春日は、楽しそうに笑っている。

朔たちの前には、白い入院着姿の女性がいた。


異様なのは、その目だ。

灰色の目隠しで、幾重にも塞がれている。


廊下の手すりを使い、彼女は不安定に歩いてきた。女性は裸足だ。それが床に触れるたび、柔らかくも冷たさを感じさせる音が鳴る。

ぺた、ぺたり、ぺっ、ぐっ……ずるっ。

そこで、あやうく、女性は転びかけた。

「…………あっ」

慌てて、朔は彼女を抱きとめようとした。

だが、鈍さをあざ嗤うような速さで、春日が動いた。小柄ながらも、彼女は女性を支える。

そして、口元に掃いた笑みはそのままに問いかけた。

「どうしたんだい？　君は部屋で寝ていたはずなのに」

「……あの男は、あの男はどこです」

「さあ、どこかな？」

「はやく、あの男を殺さないと」

あの男とは誰だろう。そう、朔は思った。

憎悪のこもった声で、女性はくりかえす。

殺さないと。

殺さなければ。

あの男のことを。

「この手で殺したい」

春日はそれを無視した。そっと振り向き、彼女は藤花のほうをうかがう。

じっと、藤花は無言のままで女性を見つめた。やがて、彼女は口を開く。

「その女性の首元には、細く鬱血痕（うっけつこん）がある。また、長い掻（か）き傷もだ。割れた爪（つめ）は抵抗の跡だろう……これから読みとれる『眼球潰（つぶ）し』の犯人の手口は、ひも状のもので首を絞めて昏倒（こんとう）させたあと、眼球を潰す、といったところかな？　しかも、昏倒させるまでに、掻き傷の数からして大分時間がかかっている。力は弱いようだ。あるいは、あえて弱い力で絞めたのか」

「ビンゴ。そのとおりだよ」

満足そうに、春日はうなずいた。

たんたんと藤花は推測を続ける。

「ならば、犯人の目的はあくまでも『眼球を潰すこと』にあって、殺意はなかったものと考えられるね。被害者を『殺してしまってもいい』と考えていたのならば、首を弱い力で絞めながら昏倒させる必要がない。昏倒させるのは被害者が暴れることを防ぎ、眼球を貫くさいに命までをも奪ってしまわないようにするための処置だ」

女性の姿から読みとれる情報のみで、藤花はそれだけを語った。

大きく春日はうなずく。だが、悲しそうに、藤花は先を続けた。

「しかし、相手に命を奪う気がなかったところで、……あなたは許せはしないだろうけれども」

「ああ……あああああ、目。私の目。私の目ぇ」

目隠しを、女性は掻きむしった。ずるりと、灰色の布とその下の包帯が落ちる。

思わず、朔は目を逸らした。

女性の顔には、穴のように。

ぽっかりと、暗い眼窩が覗いていた。

＊＊＊

「発見時、彼女たちの日には杭状の凶器が突きたてられていた」


くるり、くるり、くるくるり。

春日は室内で白い洋傘を回す。


ひらり、ひらり、ひらひらり。

そのたびに、蝶たちが舞った。


「傷は眼球でとどまり、幸いにも脳への損傷はなかった。藤花君の推測どおりだよ。犯人は慎重に傷の深度を計ったうえで貫いている。だが、破壊された眼球は、全摘出するほかなくてね。あとで、一人一人に義眼を届ける予定でいるよ」

「彼女たち……と言うことは、被害者は一人ではないんだね」

「そのとおりさ」

藤花の言葉に、春日は応えた。ぱちんと、彼女は洋傘を閉じる。

ぶわりと、蝶が舞った。新たな居場所を探して、彼らは春日の肩に止まる。

廊下には朔と藤花、春日だけが立っている。

先ほどの女性はあれから錯乱が強くなった。

そのため、受付の女性が病室へと連れて戻った。

朔が最初に覚えた印象どおりに、この建物は病院でまちがいなかったらしい。

だが、通常の場所ではないようだ。ここは山査子内で生じた『表にはだせない』けが人を治療するところだという。だが、春日いわく、この場は『これでも開かれているほうだ』という。

『山査子内で望むものがいれば、一般のけがや病気でもひき受けているしね。山査子にとって表に出せない場所は……もっと別にあるよ』

意味深に、彼女は語っていた。

だが、と朔は思う。

(眼球潰しの犯人と、その被害者)

両者をともに隠している場所など、ろくでもない。

そして現在、先ほどの女性とは別の被害者のもとへと、朔たちは向かっていた。

被害者はぜんぶで三人。うち、二人は精神状態が安定しているという。

話は聞けるだろうと春日は語った。

だが、朔にはよくわからなかった。

(犯人はもう捕まっている)

ならば、被害者の話を聞いて、新たに心を抉ることに、なんの意味があるのか。

非難と疑問をこめて、朔は春日を見つめる。その視線には気づいているだろう。

だが、春日は朔には目を向けようとしなかった。

ただ、一心に、彼女は藤花だけを見つめていた。

＊＊＊

「目を潰されたときのこと、ですか……私は当主様のお屋敷で働いていました。洗濯物を干そうと外にでたら、急にひものようなもので首を絞められたんです……ええ、もちろん、死にものぐるいで抵抗しました。けれども相手も必死なようで、いっしょに揺れながら、力いっぱい首を……私は自分の喉だけでなく、腕を伸ばして相手のこともひっ掻きました。発見されたとき、私の指は血まみれだったそうです。もう、私にはそのさまは見えませんでしたけれども」

二人目は、中年の痩せた女性だった。

もう存在しない目で、彼女はじっと指を見つめる。その唇から、笑い声があふれだした。心から愉快そうに、彼女はくつくつと笑う。だが、朔にはわかっていた。

本当に、愉快なことなどなにもない。

不意に女性はひくりと喉を鳴らした。

壊れたかのように、彼女はおし黙る。

以来、女性はなにも語ろうとはしなかった。

「ええ、私もひとりでいるときを襲われて……苦しくて、苦しくて……そのとき、自分の首筋だけではなく、顔も掻いたのかもしれません。頰にある跡はそのせいで、………見目が悪くて申しわけないです……そんな……いえ、お優しいのですね……他には、私はなにも」

三人目の歳若い女性は、言葉少なにそれだけを語った。

言われて、朔は気がついた。彼女の頰の肉は、確かに丸く抉れている。爪で削りとってしまった跡なのだろう。だが、小さな傷だった。気にすることなどなにもないように思える。

それから、彼女はきれいな白い手で顔を覆った。ぴたりと、女性は動かなくなる。

言葉はない。重い沈黙が続いた。

やがて、朔たちは部屋を去った。

＊＊＊

「さて、次はお待ちかねの犯人の部屋だよ」

歌うように、春日は告げた。

それだけではなく、踊りに誘うかのごとき、ポーズまでつける。

その様をながめて、朔は呆れたように言った。

「ずいぶん、楽しそうに語るんだな」

「何を言ってるんだい？　そりゃ、楽しいとも！」

嫌味に対し、春日は高らかに応えた。

思わず、朔は目を見開く。

先を進みかけていた足を、春日は止めた。振り返り、彼女は不思議そうに言う。

「藤花君の理由は知らないけれどもね。楽しくなければ、霊能探偵なんてめんどうごとはやるものか！　私にとっては、今もこれからも、すべては娯楽で趣味だよ」

春日の言葉に朔は激しい嫌悪を覚えた。『眼球潰し』の事件など、愉悦をもって扱っていいものではけっしてない。それに、藤花はただ巻きこまれただけだ。

おまえと、いっしょになんてするな。

そう、朔が語ろうとしたときだった。

意外にも、藤花は冷静に口を開いた。

「……確かに。楽しもうが、嘆こうが、関わると決めた以上、やることは同じだからね」

「……藤花」

「さすが！　朔君とは違って、藤花君はよくわかってるじゃないか！」

感極まったかのように、春日は両腕を広げた。いちいち動作がおおげさだ。勢いよく、春日は彼女のほうへ走り寄った。そのまま藤花を抱きしめようと春日は腕を閉じる。

ひょいっと、藤花はそれを避けた。春日から距離を開けて、彼女はたずねる。

「犯人確保の状況は？」

「ちぇっ……二人目の被害者と三人目の被害者への犯行は、ほぼ同時に行われた……一人目の事件が起きた段階で、警備の数は増やしていたからね。さらに警戒される前にと、たて続けにやったんだろう。それから、『彼』は警備の人間に自首したんだよ……『自分がやった』とね」

「……だいたい、理解したよ」

藤花はうなずいた。

ふたたび、三人は歩きだす。

廊下の最奥には扉があった。

不用心なことに、見張りはいない。だが、ドアノブは鎖で巻かれ、重々しい錠前がかけられていた。春日がその鍵を開く。じゃらじゃらと鳴りながら、鎖は落ちた。

中はがらんとした空き部屋になっていた。

ひとつだけ、中央に、椅子が置いてある。

そこに、体格のいい男が座らされていた。

縄で、彼は椅子の背に縛りつけられている。

女たちに抵抗された跡だろう。その手にはいくつもの長く、鋭い傷があった。

朔は最初に会った女性の割れた爪を思いだした。対象的に、男の爪は短くきれいに切りそろえられている。その事実が、どこか皮肉だ。

とんっと、藤花は彼の前に立った。黒のドレスが揺れる。

覗きこむように、藤花は男を見つめた。

男は顔をあげる。血走った目が、藤花を映した。

二人は見つめあう。

「……藤花」

「じゃまだよ。朔君はさがっていたまえ」

朔は、二人の間に割って入ろうとした。だが、春日に止められる。

男の視線と、藤花の視線が交錯する。

数秒の沈黙のあと彼女は口を開いた。

「動機を語ってもらえるかな？」

「……俺がやった。俺が潰した。それなのに、今さら語る意味があるのか？」

「あるとも。理由は大事なことだからね」

藤花は言う。その間も、彼女はまっすぐに男を見つめ続けていた。

男は彼女をにらみ返す。獣のような視線におじけづくことなく、藤花はくりかえした。

「動機は大事だよ。とても、とても、ね」

はくり、と。

男は口を開いて、閉じた。

そして、彼は語りだした。


己が眼球を潰した。

その異様な理由を。

＊＊＊

「……最初の異変は、同僚たちの目が異様に大きく見えたことからはじまった」

彼の声は低く、不思議な厚みをもっていた。

ほかには物のない部屋に、なめらかなひびきが広がる。

「それは先日とつぜん俺に憑いた『神様』の影響らしい。なぜかはわからないが、俺の『神様』は他人の目を嫌うんだ。人の視線が針のように、まぶたは唇のように見えた。もちろん、中にはずらりと汚い牙が並んだ獰猛な口だ。それがこっちを狙っている。たくさん、俺を見ている」

朔は想像してみる。

人の目が口に——獰猛な牙の並ぶ口に見える。

そのすべてが、他者を食らおうと蠢いている。

それは、どれほどまでに恐ろしい世界なのか。

「だから、俺は目を抉らなければならなかった。これが動機だ。被害者の女たちに非はなければ、俺にも恨みはない……叩いてもなにもでてこないのはそういうわけだ」

「嘘つき」

瞬時に、藤花は応えた。

あまりの速さに、朔は驚いて彼女へ視線をもどす。

まっすぐに、藤花は男を見つめ続けていた。

（…………あっ）

まっすぐに、男を。

見つめ続けていた。

「この部屋に入ってからずっと、僕は君のことを見つめている。だが、君は睨む以外の反応は特に返さなかった。『人の視線が針のように、まぶたは唇のように見えた』ことが動機であると言うのならば、今も、君はなんらかの嫌悪や憎悪、恐怖をしめさなければおかしいんだよ」

「……なに、を」

「おかしなところは、ほかにもある。君の手は傷ついている。長く鋭い、いくつもの傷だらけだ。『人の爪で掻きむしられたものにしては、長すぎるし、多すぎる』」

藤花の指摘に、朔はああと思った。言われてみれば、たしかにそのとおりだ。

被害者の女性は三人。

一人目の爪は割れていた。だが、犯人に反撃をしたかどうかは述べていない。

二人目は腕を伸ばし、己の喉だけでなく、犯人も掻いたと口にした。だが、『腕を伸ばさなければ、犯人には届かなかったのだ』。

三人目は己の喉を掻きむしり、そのさいに顔にも傷をつけてしまった。

これらの情報からわかることは、『反撃できたのは一人、または二人。そのうえ、ひもを使用されていたため、犯人の手と被害者の手の間には距離があり、何度も傷つけるのは難しかった』ということだ。

その事実に、男の手は見事に反している。

ほぼ空っぽの室内はうすら寒い。

それなのに、男の額には汗が浮かんだ。

たんたんと、藤花は続けていく。

「自首するとき、君は『犯人の手には、抵抗されたさいの傷がなければそれらしくない』と考えた。また、二人目の被害者の爪先に犯人の肉が残っていることからも、それを自分のものだと思わせる必要があった。だから、君は手に『爪で切られた跡』をつけようとした……だが、君の爪は短くきれいに切りそろえられており、使えなかった。だから、適当な刃物で傷をつけた。そうなんだろう？」

「違う！　俺は」

「さらにおかしな点を重ねよう。二人目の被害者の発言にもとづいた情報だ。犯人は『被害者の抵抗にあい、揺れながら、力任せに首を絞めている』。少なくとも絞められた女性は、相手が余裕をもってことにおよんでいるという印象は覚えなかった。これはおかしいね？　犯人の絞める力は弱かったはずだ。しかも、君は体格がいい。君に力任せに絞められたのならば、被害者のけがは目だけではすまなかっただろう。最悪、首の骨が折れて死んでいる可能性が高い」

「……あっ、あっ」

「ならば、君は被害者の首を絞めてなどいないんだ……以上の理由により犯人候補から外れる」

はくり、はくりと、男は口を開いては閉じる。

違和感を積みあげ、藤花はふたたび彼を見つめた。断頭斧を振りおろすように彼女は告げる。

「では、君の動機も嘘なのか？　それは少し違うだろう。人はとっさに、無から有は生みだしがたいものだ。被害者が己とほぼ無関係な相手では、下手に動機を生みだしてはバレる可能性も高いしね。だから、君が語った動機は、おそらく半分は本当なんだ……真犯人から、『だからやった』と教えられたものだろう？」

「俺は、あっ、っ」

「それを聞き、君はこれ以上の犯行を止めるため、真犯人に『ある措置』をほどこした。それならば、真犯人が捕まっていないのに『眼球潰し』の事件がおさまったことも。ふたつ目とみっつ目の事件がたて続けに起きたことへの説明もつく」

流れるように、藤花は語った。疲れたというように、彼女はひとつ息をつく。

そしてつぶやくように、『少女たるもの』は真実を口にした。

「みっつめの事件の被害者こそが真犯人なんだ」

『他人の目を潰す』のではなく、『己の目を潰してもらう』ことで、彼女は他者の視線を恐れなくてもよくなったんだよ。

目が、獲物を狙う獰猛な口のように見える。

眼球が、汚らしく、恐ろしいものに見える。

人がいるかぎり、それから逃れる術はない。


(ああ、だが、)

自分さえ、見えなければ。


「やめろ！　それ以上、言うな！　すべては俺が、俺がやったんだ！」

「彼女の手に傷はなかったね。だが、二人目の被害者は、明確に犯人を傷つけたと断言している。それについては、君はどう説明するんだい、藤花君？」

「簡単なことだよ」

男は叫び、春日はたずねる。

それに藤花は応えた。彼女は両手にひもを持つまねをした。そして、少しだけ体をかがめる。

「真犯人は女性で、小柄だ。首を絞めたときに、顔が並ぶ。二人目の被害者の抉った肉は、相手の手ではなく、頰だったのさ。三人目の女性には、その傷があった。あの傷口にもおかしなところがあった。己が苦しさのあまり、自身の顔まで掻いてしまったのならば、もっと下へと長く掻きむしる傷ができたはずだ。爪先で抉られたからこそ、ああいう丸い傷ができた。それに、彼女はあの傷だけを特別気にしていた。そこも、おかしい」

朔はうなずく。三人目の被害者もまた、もっと大きな傷を負っていた。

目を失っていたのだ。

だが、女性は暗い眼窩には特に触れようとはしなかった。

その小さな傷だけが。

ひどく醜い、醜いと。

「それはあの傷が被害者の抵抗の証、反撃の烙印だったからだ。だから、彼女は気にせずにはおれなかった。小さな傷について、僕たちにわざわざ先に説明したわけも、後ろめたさからさ」

「……証拠は。証拠はない」

「あるよー」

男のうなるような声に、高い返事が届いた。

バッと、男は春日を見る。肩に蝶を止まらせて、彼女はあっけらかんと応えた。

「自白者がでている以上、事をおおやけにするつもりはなかったんだが、念のため、一番目の被害者の爪に挟まっていた血肉はとってあるんだよ。展開がおもしろいことになりそうだからね。私の伝手を使って、調べさせてもいい」

「あっ……あっ」

がくりと、男はうなだれた。

朔はあきれる。最初から真犯人を確定する手段はあったのだ。たんに春日は『事態がおもしろいことになるかどうか』の見極めをしたかっただけなのだろう。ずいぶんと勝手な話だった。

朔は春日をにらみつける。だが、彼女はまったく振り向かない。

その真剣な視線の先で、藤花はどこか悲しそうに男へたずねた。

「三人目であり、真犯人でもある娘さんと、あなたの関係はなんなんだい？」

「……恋人だ」

ぼそりと、男は語った。

首を横に振り、彼は絶望したように言葉をつむぐ。

「俺たち以外は誰も知らなかったが、ある日、彼女は弱いが山査子の異能に目覚めた。ついに自分にも『神様』が来てくれたと、彼女は喜んだ。だが、そこから少しずつおかしくなったんだ。周りの目がこわいと言いだして……それで……それで。二人目をやってしまったときに、俺がすべてを提案したんだ」

彼女の目を潰して、

罪をひき受けると。

そのとき、二人がどんなやりとりをしたかはわからない。

罪をかぶせたものと。かぶったもの。

二人の愛と真実と。

顔をおおった娘の姿を、朔は思いかえす。

だが、春日は残忍に嗤った。

「なら、彼女こそが死刑だねぇ」

「ぐっ……ああ、あああああああああああああああああああああああああああああああああっ！」

男は咆哮した。

瞬間、彼は椅子ごと前に跳んだ。

（――――えっ？）

なにが起きたのか。

一瞬、朔にはわからなかった。

男の歯は獣の牙のように伸びている。人間の形ではない。

それを見て、朔はようやく悟った。

この男も、山査子の異能者なのだ。おそらく高い身体能力を持つうえに、歯を獣のような形状へ変えることができる。今までは望んで囚われていただけで、男には反撃の術があったのだ。

「危ない、藤花っ！」

朔が藤花をかばうのは遅れた。

だが、幸運にも男は春日に襲いかかった。

うっとりと、春日はほほ笑んだ。そして、

「遅い、よ」

つぶやいた。

男の喉が裂けた。

蝶の羽根によって。

ある事実を、朔は思いだす。藤花は、春日の『逃げたら殺す』という宣告に、異を唱えることなく従った。彼女は『山査子春日の異能がなにか』を察していたのだろう。

羽根の硬度を自由に変えられる、蝶。

十と、百と、千と舞う、自在の武器。

それこそが、山査子春日の異能だった。

「……ごっ……あっ……げぇっ」

バシャバシャと、大量の血がこぼれ落ちた。床が紅く染まっていく。

その上に、男は派手に倒れこんだ。

椅子ごと、彼は何度も痙攣する。男が呼吸するたび、傷がはくはくと動いた。肉がめくれ、血管が蠢く。そのたびに、粘つく紅色に波紋がたった。小さな泡も浮かぶ。男の目が濁った。

今や春日のホワイトロリータは血にまみれていた。両腕を、彼女はあげる。

重く紅を吸ったそでが揺れた。聴衆の賛辞を求めるように、春日はささやく。


「ほら、見たまえ」

白には、紅が映えるだろう?

そのとき、朔ははじめて、
本当の意味での、山査子春日を知ったのだ。

間話

ひらり、ひらり。蝶（ちょう）が舞い飛ぶ。
こぷり、こぷり。血がこぼれる。

（この傷では、助かることはないだろう）

そう朔（さく）は思った。ぎゅっと彼は拳（こぶし）を握る。今、こうして人が死ぬ。異能者であり、非道な者ではあったが一人の命が絶える。それもまた朔のせいだった。これで何度目だろうと彼は思う。

幾回、幾度、朔はこうして、人を踏みつけにしてきたのか。

かつて、桜の咲く庭園にいた人が。
かつて、雪の降る地獄にいた人が。
朔のために、一度殺された。

朔のせいで、孤独に死んだ。

そうして、
こうして、

今も、

「まったく、彼に裏切られるとは思わなかったよ」

冬夜（とうや）が言う。春日（かすが）はうなずいた。

驚いたことに、二人ともがその予想をしなかったのだ。

そして、兄と妹は死に別れることとなった。だが、それまでにはまだ時間がある。

にやり、春日は笑った。いたずらっぽく、彼女は問う。

「負けることとは、兄上殿？」

「考えもしなかった」

「そうだ、そうだ。あなたはそういうやつですよ」

そうか、そうか、つまり君はそんなやつなんだな。

有名な文学作品の一節が、ふわりと朔の頭に浮かんだ。ちょうど、眼球の模様のある蝶が目の前を横切る。それは春日(かすが)の頭を飾った。血まみれの兄を睥睨(へいげい)しながら、妹は鋭く言いはなつ。

「そんなだから、あなたは」

続きはない。

ならばどうなのかを、春日は語らなかった。不意に、彼女は喉(のど)を詰まらせる。
泣いているのかと、朔(さく)は思った。だが、そうではない。嗤(わら)ったのかと、朔は考えた。しかし、
それでもない。たんに、息がしづらかっただけた。けほりと咳(せき)をして、春日は冬夜(とうや)を見つめる。

ひらり、ひらりと、蝶(ちょう)が舞い飛び、
こぷり、こぷりと、血がこぼれる。

それは止めようがない。
だから、春日は続けた。

「そんなだから、あなた私と死に別れるんだ」

憎んでいたものと離れるというのに、
なぜかそれは、怒っている声だった。

第二の事件　死者の手首

「さては て、これにて終演だ」

紅く濡れたホワイトロリータのすそを、春日はつまんだ。

優美に、彼女は礼を披露する。

そのさまは、バレエでも踊ったあとのようだ。だが、彼女のそばには男が倒れている。醜い芋虫のごとく、彼はびくん、びくんと震えた。だが、不意にぱたりと、男はその動きを止める。

おそらく、完全に死んだのだろう。

(だが、首をぱっくりと切られた時点で男の死は確定していた)

ならば、残りの時間はなんだったのか。思わず、朔は考える。

死と命のあわいで必死にもがくことに、いったい、なんの意味があるのかと。そこには、人の尊厳も希望もなにもない。ただ、穴に堕ちていくかのような、無為で絶望的な時間と言える。

そして白い少女はそれを終演と呼んだ。

幕が完全に降りきるまでの、余韻だと。

なんと喜劇的で冒涜的なたとえなのか。

「人の死は舞台か?」

「人の死は舞台さ！」

嫌悪をのぞかせ、朔はたずねた。

歓喜をにじませ、春日は応える。

真剣に、二人は見つめあった。

先に、春日のほうが表情を動かした。にやりと、彼女は嗤う。

「そもそも人生そのものがすべて舞台だ。人とは役者だ。誰も彼もが、喜劇か悲劇を選んで生きている……そう考えたほうが、人生とはなにごとにおいても腹がたたないものだよ、朔君？」

指を伸ばし、春日は朔の鼻をつついた。最後には茶化すことで、彼女は彼の嫌悪をうすめる。

体を離すと春日はほほ笑んだ。その表情はやわらかい。だが、絶対的な威圧をふくんでもいる。

もう、これ以上議論する気はないと、彼女は言いたいらしい。

その一方で、春日は藤花にたずねた。

「ねぇ、藤花君はどう思うーっ？」

「……なにを、かな？」

「人生についてさ！　舞台か否か」

楽しげな声に、藤花は目を細めた。しばし、彼女は考える。

白とは対照的な黒のドレスのすそを、藤花は揺らした。ゆっくりと、彼女は口を開く。

「人生が舞台であればよかった。そして、役者が僕と朔君の二人だけであればよかった。ずっと、この世界が僕と朔君だけのものであればよかった。心から、僕はそう思い続けているよ」

「……なるほど、なかなかに破滅的な答えだ！　しかも、私のことは必要ないとくる！」

大きく、春日はうなずいた。意外にも、彼女はその答えが気にいったらしい。

肘にかけていた白い洋傘を、春日は開いた。ぱちりと、音が鳴る。室内で、彼女は意味なくそれを回した。周縁を飾るフリルについていた血のしずくが飛ぶ。ごきげんに、春日は続けた。

「手に入りがたいものを得てみせるのも、また、歓びというものだよ」

「言っておくがな、藤花は俺のだ」

「そうだろうともさ！　今、はね」

今もなにもない。藤花は永遠に自分のものだ。そう言いかけて、朔は息を呑みこんだ。

それもまた、危険な思考な気がする。だが、代わりのように、藤花は自ら声をあげた。

「僕は永遠に朔君のものだよ」

「……永遠の定義、とは？」

「たとえ、世界が滅んでも」

藤花は言いきる。彼女の目には、真摯な光が浮かべられていた。

春日の問いかけに、藤花は迷いなく断言する。

「世界が終わっても、誰が死んでも、僕自身が死んでも、僕は朔君のものだ」

アハハハハハハハッと高い声で、春日は笑った。愉快そうに、彼女は言う。

「自分の死だけでなく、世界までをも巻きこむか。いいね、やはり、嫌いじゃないよ」

それだけで、朔は学ぶ。

やはり、山査子春日は悪食だ。

彼女の指に一匹の蝶が止まった。さくりと春日は蒼い羽根だけを食べる。蝶の体が落ちた。

黒い残骸を、春日は指ではじく。その行方には目もくれることなく、彼女は両腕を広げた。

「それでは、次の舞台に行くとしようか」

「……次の、舞台？」

唖然と、朔は男の死骸を見つめた。

こんなことを、まだ続けると言うのか。それは認められないと、彼は唇を噛みしめた。

（藤花に、これ以上は残酷な死体を見せたくない）

拒絶の言葉を、朔は春日に向けようとする。

その頬が、蒼い蝶の羽根に撫でられた。さくりと、朔は肌をうすく切られる。カミソリで裂かれたような傷がつき、血が流れた。痛みに、彼は目を細める。

藤花が悲鳴のような声をあげた。

「朔君！」

「大丈夫だ、藤花……理解した。どうやら、俺たちに拒否権はないらしいな」

「わかってくれて、助かるよ」

脅迫者の立場で、春日は嗤う。
彼女は洋傘を回した。
そして、軽く続ける。
「今は眼球。次は手首だ」
生者の眼球はなぜ貫き、抉られ。
死者の手首はなぜ奪われたのか。
楽しそうに、春日は謎を投げかける。
「さあ、どう思う？　藤花君？」
藤花は答えない。『少女たるもの』はなにも言わなかった。
今はまだ情報が少なすぎる。ただ、彼女は春日を見つめた。
道化でもながめるような視線で。

「いい顔だね」と、春日(かすが)は笑った。

＊＊＊

最後に聞きたい。

なにを、かなぁ？

真犯人の娘はどうなるんだ？


そう、朔(さく)はたずねた。春日は特に言葉にはしなかった。だが、歪(いびつ)な笑みが、その残酷な結論をしめしていた。それを前にしながらも、朔には制止の言葉をつむぐことができなかった。

（万がいち、春日の逆鱗(げきりん)に触れれば、二人ともが死ぬことになる。その愚行だけは冒せない）

かつて、朔自身が思ったことだ。

大事な人を救えるとしたら、
それは、たった、一人だけ。

そうして、朔は自分の唯一を選んで、未知留(みちる)を殺した。哀れな彼女は、恋に生きた鬼だった。

もう、未知留には朔以外なにもなかったというのに。そのすがる手すらも、朔は振り払った。

今もまた、彼は、
一人を見捨てる。

「真犯人のことなど気にしなくともいいじゃないか……行くよ、朔君？」

甘く、春日はささやいた。

その誘いにも似た脅迫に、朔はうなずいた。彼は藤花（とうか）の手をぎゅっと握る。

「行こう、藤花」

「…………うん」

そうして二人は、病院を後にした。

外に出て、さくさくと彼らは雪を踏む。

自動車に入るときだ。

匣（はこ）型の建物の中から、女の悲鳴が聞こえた気がした。


それでも、朔たちは車に乗った。

ばたりと、無情にドアは閉まる。

そしてなにも聞こえなくなった。

誰の声も。

悲鳴さえ。

＊＊＊

「地獄めぐりだよ」

滑るように高級外車は走りだす。

それにあわせて、春日は口を開いた。意味を、朔は問い返しはしなかった。放っておいても春日は勝手に語るだろう。その予想どおりに、彼女はなめらかに続きを吐いた。

「私は最初に言ったはずだよ——君たちがこれから見るのはね。ゆめゆめ理解してはならない、醜い地獄だと。私たちはそれをめぐるんだ」

地獄とはなにか。

そう、朔は思う。

彼にとっての『かみさま』が一人だけなように。朔の思う地獄もまたひとつきりだ。

永瀬未知留がいた場所。

雪に閉ざされた、屋敷。


そこはもう燃え尽きた。

すべてが、炎とともに。


朔の考えを読むように、春日は目を細めた。鼻を鳴らして、彼女は続ける。

「……君が永瀬で見たのは、美しい地獄だろう？　醜い地獄とは違うものだ」

「……おまえは、いったいなにを知っているって言うんだ？」

「一時、永瀬の新当主の座に着いた未知留はなにかに狂っていた。狂わされていた。そして、燃えた永瀬からは君たちがでてきた。それだけでも、だいたいの予測はつくものだよ」

涼しげに、春日は語った。スッと、彼女は指を伸ばす。爪の先に紅い蝶が止まった。

それを、春日は握り潰した。ばらばらと、羽根だったものが落ちる。

無惨な残骸をながめながら、彼女は続けた。

「恋とは美しい地獄だよ」

ならば、醜い地獄とは。

いったい、なんなのか。

じっとりと、朔は春日を見つめる。

だが、当の彼女は藤花のほうを見つめていた。

藤花は春日のことは見ない。体を倒し、藤花は朔の膝に頭を乗せた。朔の足の狭間に、彼女は隠れるように鼻先をうずめる。艶やかな黒髪を、朔は丁寧に撫でた。

彼に、藤花は甘える。そのさまをながめながら、春日は口を開いた。

「醜い地獄とは、誰かが生きるために、誰かが犠牲にされる場所だ。あるいは誰かの感情の昇華のために、誰かに牙が立てられる場所さ」

たとえば、目が口に見えたから。

自分を、食おうとしていたから。

その恐怖を前には生きていかれなかったから。

だから、人の目を潰した。

女の眼球を貫き、抉った。

（……それは）

許されない。

だが、犯人はもう死んだ。

彼女をかばおうとした、男に継いで。

朔の考えを読んだかのように、春日は言う。

「そして、地獄に堕ちただろうね。これからも、私たちはそういうものをめぐっていくんだ」

「なぜ、そんなことを？」

「朔君には関係ないよ。理由は藤花君さ」

甘く、春日はささやいた。彼女は腕を伸ばす。無遠慮に、春日は藤花の髪を撫でようとした。

ざわりと、朔は胸がざわめくのを覚えた。とっさに、彼は細い手首をつかんだ。

思わぬ妨害に、春日は驚きの声をあげる。

「おっと」

「離れろ」

「へぇ、いいのかい？」

春日は嗤（わら）う。

朔は知っていた。彼女が本気になれば、朔の腕などこともなく切り落とせる。蝶（ちょう）の羽根を使えば、簡単だろう。それを恐れて、彼は『眼球潰し』の女を見捨てさえしたのだ。

だが、

「藤花には触れさせない」

この手だけは離せない。

春日は目を細めた。指を動かし、彼女は蝶を飛ばそうとする。

朔は激痛を覚悟した。そのときだ。

「やれるものなら、やってみなよ」

どこか幼く、藤花が言った。朔の膝に顔を埋めながらも、彼女はゆっくりと視線を動かす。大きな目が光った。たんたんと、藤花は言葉をつむぐ。

「朔君を殺したのなら、必ずおまえを殺してやる」

どこまでも真剣で、
どこまでも本気な、

事実だけを宣告する声だった。


「そして、僕も死ぬよ」

そう続けて、藤花はもぞりと動いた。ますます、彼女は朔の膝に顔をうずめる。甘える子猫に似た仕草は、まるでなにごともなかったかのようだ。ふたたび、朔は黒髪を穏やかに撫でた。

ぽつりと、藤花はつぶやく。

「愛しているよ、朔君」

「俺もだよ、藤花。愛してる」

自然と、二人は言いあった。

ぽかんと、春日は口を開ける。彼女はあっけにとられた。本気で、春日は驚き続ける。

だが、不意にその口から声が漏れた。

「……………………………………はっ」

唇が歪む。

頬が蠢く。

歯が覗く。

腹を抱えて、春日は笑いだした。

「ハハハハハッ、アッハハハハハハハ、いいね、いいねぇ。ダメだなぁ、ダメだなぁ、藤花君。そんな情熱的なところを見せられたら、ますます好きになっちゃうじゃないか！」

心から楽しそうに、春日は声を弾ませる。

あきれて、朔は思わず目を細めた。

「……おまえ、少しマゾが入ってないか？」

「朔君には言われたくないが少しね。自覚はあるよ。私はサディスティックでマゾヒスティックな生き物だ……やれやれ、おもしろかった。このまま、藤花君と遊んでいたいけれどもね」


――――着いたよ。

春日（かすが）の宣言とほぼ同時に、車は止まる。

こうして朔（さく）たちは連れてこられたのだ。


次の醜い地獄へと。

＊＊＊

朔たちはドアから外にでる。

かつんと、足が硬いものを踏んだ。

朔はまばたきをする。あたりには雪ではなく、分厚いコンクリート製の床が広がっていた。それどころか、四方は同じ材質で造られているようだ。うす暗い空間を前に、朔は目を見開く。

「……地下駐車場？」

「そう、みたいだね」

藤花（とうか）が横に並んだ。藤花が言った。朔はうなずく。あたりはコンクリートで囲まれており、天井は低い。床には白線が引かれている。面積もかなり狭い。これでは、あと二台が停まれるていどだろう。ここは公共や商業の施設ではなく、個人所有の建物の中のようだ。

「私の祖父の別邸のひとつだよ。管理を任されていてね。お借りしたんだ」

朔たちの疑問に、春日は応えた。

おそらく、春日と冬夜の祖父は山査子の中でもかなりの地位にいるのだろう。朔はそう推測した。春日と冬夜自身も、本家の重要な一員である可能性が高い。

そうでなければ、病院でのふるまいなど許されはしないだろう。

だが、そう判明したところで、状況に変わりはない。

「さて、それではお祖父様の特別室に案内しようかな」

謳うように、春日は言った。

一気に、朔は嫌な予感を覚えた。強く、彼は藤花の手を握る。

その不安に気づいたらしい。藤花は朔の腕に抱きついた。すりすりと、彼女は彼の肩に頬ずりをする。さらに、深く匂いを吸いこんだ。たどたどしく、藤花は無意味な睦言をくりかえす。

「大好きだよ、朔君……大好きだからね」

「ああ、俺も藤花のことが大好きだ」

「朔君になにかあれば、僕も死ぬよ」

「馬鹿、そんなことを言うな」

「いやだ。僕と朔君はずっといっしょなんだ」

「約束する。おまえから、なにがあっても、どんなことになっても離れやしないから……」

「おーい、君たち。いつまでやっているのかな？」

不機嫌に春日が言った。その周りに鮮やかな色が舞い飛ぶ。全身に蝶を止まらせながら春日は白の洋傘を動かした。その先端で、彼女はくいっと地下駐車場から続く鉄の扉を指しめす。

「さあ、あちらに行こう」

「…………奥に、か」

「そうだよ」

朔は気がついている。

上階へと昇る階段は、別にあった。

ならば、あの頑丈そうな扉はなんのために存在するのか。

朔は身がまえた。動きださない二人を放って、春日は扉に近づいた。鍵を開き、彼女はノブをひねる。中には、下へと続くコンクリート製の階段が伸びていた。底から声がひびいてくる。

それを聞き、朔はゾッとした。

ここから出してくれと。

誰かが強く叫んでいた。

「次はこの中だよ」

春日は言う。踊るような足どりで彼女は進み始めた。

朔は目を細める。跳ねるように弾む背中は無防備だ。今、春日は警戒をしていない。ぐらりと、朔はめまいにも似た衝動に襲われた。今しかない。そう、彼は強く思う。

腕を前にだせば、
すべてが終わる。

そう、朔が殺意に駆られたときだ。首筋に、蝶の羽根が触れた。小さく、朔は唾（つば）を呑（の）みこむ。突きだしかけていた腕を、彼はそっと元に戻した。藤花（とうか）がそでの端をつかむ。朔はうなずいた。

「……行こう、藤花」

「…………うん、朔君」

二人は地下へと降りる。

そして、朔たちは見た。

虫籠（むしかご）を。

＊＊＊

虫籠とは比喩だ。つまり、目の前にはソレに似た地下牢が広がっていた。

匣から出て、虫籠へ移動する。


そのことに、朔はどこか皮肉めいたものを感じた。


地下に設けられた部屋は、座敷牢に似た構造となっていた。

広大な空間は半分にくぎられている。床には分厚い緑色のマットが敷かれ、その上に木製の格子がたてられていた。堅固な十字の枠が連ねられた向こう側には、人が閉じこめられている。

男が二人に、女が二人いた。


そして、手前の空間には死体が置かれている。


一目で、朔にはソレが死体だとわかった。生前には美しかっただろうことすらも見当がつく。

死者は、女性だった。

細い体は、喉元まできっちりとブラウスで覆われている。下半身も厚手のズボンと靴下で完全に隠されていた。それでも、肌の変色と肉の崩壊は察せられる。

彼女は腐敗していた。

表面には蝿がたかり、着衣は濡れ、汁が床に溜まっている。だが、まだしっかりと全体の形は保たれていた。生前からか、右手の指が不自然な形に固まっているのも見てとれる。また、後頭部には血が張りついており、いくつかの陥没もあることがうかがえた。

おそらく、それが死因だろう。

二度と、彼女は動かない。

このまま、女性はどろりどろりと蕩けていくのだ。

それが、朔には悲しく、また、わびしくも思えた。


そして、女性の死体には異様な点があった。

左の手首がないのだ。


(いったい、なぜ?)

疑問に、朔は首をかしげた。

そのあいだも、あたりは静寂に包まれていた。

春日がこの部屋に着いたときから、出してくれと望む声は消えている。閉じこめられた人間たちは、ただ春日に恐怖の視線を向けていた。

死体と、奥の数名を指して、春日は言った。

「この死体は、彼らのうちの誰かが作ったものだよ」

「……つまりは、殺したということだね？」

「そのとおりだとも、藤花君！　ご明察さ！」

「この状況を見れば、誰にでもわかるよ」

「そうかな？　彼らは住みこみの使用人でね。ある日、中の誰かが邸内で殺人事件を起こしたんだ。それで、全員を捕まえてみたんだが、みんな自分じゃないと言いはってね。警察を入れられない以上、証拠もないし、全員を海に沈めれば早いかと思っていたところなんだよ！」

物騒なことを、春日はさえずった。続けて、彼女はクスクスと笑いだす。どうやら、春日なりの冗談だったようだ。だが、朔にはまったく笑うことはできなかった。

（この少女ならば、本当にやりかねない）

同じことを思ったのだろう。藤花も無表情だ。

朔と藤花の反応がないことに、春日は肩をすくめた。つまらなさそうに、彼女は言う。

「だから、『まずは』犯人の特定を君に頼みたいのさ、藤花君……君は藤咲の女だ。霊能探偵をやっていたことからしても、どうせ死者は呼べるだろう？」

こともなげに春日は口にした。藤咲の異能の詳細も、彼女はしっかりと把握しているらしい。

藤花はため息をついた。やりたくないと、彼女は表情で訴える。

だが、あたりには蝶が舞い飛んでいた。春日の意志で動く凶器に、藤花は視線を走らせる。

諦めて、彼女は朔の目を覗きこんだ。

「朔君」

「ああ」

彼はそれに応えた。

朔の異能の目は、鏡のように藤花を映す。

そうして能力を増幅させると、藤花は両腕を開いた。

そのうえに数匹の蝶が止まる。

鮮やかな色に飾られて、『少女たるもの』は言った。


「――――おいで」


藤花の異能は未練ある人間の魂を具現化する。

瞬間、ここはこの世ではない場所と繋がった。

白い肉塊が現れ、

ぽぉんと跳ねた。

＊＊＊

木製の格子の前まで、肉塊は毬のように跳ね進んだ。

今回の魂は、もはや、人間としての形を失っている。

自由自在に、ソレは伸び縮みをした。さらに白く、まろやかな表面を蠢かせ、腕を生やした。

その部分だけは明確に人の形を再現している。リアルな彫刻じみた姿は、ひどく不気味だった。

女の手は、なめらかに動いた。

すらりと、ソレは一人を指ししめす。

「……俺？」

長袖のシャツにジーンズ姿の男が、ひくっと喉を震わせた。

がくがくと、彼は震えだす。悲鳴を押さえるかのように、男は両手で口元を覆った。

その左手の薬指にはめられた指輪が、鈍く光る。

彼の前で肉塊は跳ね続けた。格子が邪魔で近づけないのだ。だが、肉塊は解決策を見つけた。

ソレは柔らかな体を格子の十字に押し当てた。ふにゃりと変形し、肉塊は中へ潜りこんでいく。

そうして男に接近し、怨みを晴らそうというのだろう。

肉塊の行動に、男は目を見開いた。怯えた声をあげ、彼は壁際にさがる。

「ひぃっ、ひっ」

ずるっ、ぴしゃ、ぬるっ、ぼとっ。

ソレは格子のすきまを抜けた。濡れた音をたてて、肉塊は床に落ちる。

次いで、ソレは男へ向かって跳ねようとした。ぽぉんっと、音が鳴る。

そのときだ。

ひらひらり。

蝶が舞った。斬撃が奔る。紅と青と紫の羽根が肉塊を刻んだ。やわらかな肉は輪切りにされてぼとぼとと転がる。肉片たちはこまかく痙攣した。やがて、ソレはうすまると消えていった。

目の前で起きた現象に、朔はあぜんとした。

「……嘘だろ」

「……えっ、そうやれば消せるの？」

藤花も驚きの声をあげる。

今まで、二人は怨みをもった魂の消去法を知らなかった。

己の憎悪を晴らすまで、ソレは場に残り続けるものと考えていたのだ。

だが、『もう一度殺せば』消えるらしい。

意外性に、朔と藤花は言葉を失った。だが、と朔は考えた。餅のごとき伸縮自在の肉を『殺せる』ものなど、春日のような——殺人に特化した異能持ちくらいだろう。

ことなげに、春日は死者を葬り去った。かろやかに、彼女は手を叩く。

「さて、これで犯人は判明したね。魂の変質した肉塊が怨みを示したもの、すなわち殺害犯だよ。藤花君の異能は実に便利だね。死者自身に告白させれば、冤罪もない……えーっと、君はたしか被害者の夫の富美彦君だったかな？」

「そ、そうだけれども、俺は！」

「被害者は、衣服で過剰なほどに体を覆っていた。さらに右手の指は歪な形に固まっていたね」

凛と、藤花は声をひびかせた。

女性の死体に、朔は目を向ける。確かに、その特徴は見てとれた。

一度目を閉じ、開いて、藤花は続ける。

「洋服は、鬱血痕を隠すためのものだろう。指はくりかえし折られたせいで、固まったものと考えられる。日ごろから、彼女は暴力を受けていた可能性が高い。そして頭部の陥没は何度も殴打されたあとだ……日常の暴力の延長で、君は妻を殺してしまった。そうじゃないのかい？」

「俺、はっ、あの、そ、そのっ」

「さっさと認めなよ！」

不意に、きびしい声が飛んだ。

なにかと、朔は視線を向ける。

声の主は、短髪の女性だった。

格子の向こう側に、富美彦とともに閉じこめられている人物が口を開いたのだ。けわしく腕を組みながらも、彼女はこびるような笑みを浮かべる。春日に対し、女性は猫撫で声をだした。

「私、忠言しましたよね、春日様？　あの男はＤＶ野郎だって。犯人に違いないんだって」

「まあ、聞いてはいたね」

「でしょう。やっぱり、千景のことを殺してたんだ！　千景には、コイツとは結婚するなってあんなに言ってあったのに……」

短髪の女性は目頭を押さえた。どうやら、彼女は被害者の友人だったらしい。女性は顔に深い後悔を浮かべる。だが、かと思えば一転して、春日に明るく話しかけた。

「さっさと、コイツを殺しましょう。そして、私たちをだしてください。それで終わりです」

「うん、呼びだされた千景君の魂自身がしめしたんだ。殺人犯は、彼でまちがいないだろうさ。けれども、ね」

口元に、春日はうすく笑みを掃いた。ついっと、脅すかのように、彼女は蝶を飛ばす。

そのうえで、春日は男にたずねた。

「なぜ、君は死者の手首を切りとったんだい？」

「……切りとってない」

「なんだって？」

朔は深く眉根を寄せた。
それでは話がおかしい。
日常的な暴力の延長で、千景は殺された。

そのはずだ。
それなのに。

「俺は、妻の手首を切りとってなんかいないんだ！」
富美彦は叫ぶ。殺人自体を、彼は否定していない。その言葉は、ほぼ自供ともいえた。

だが、そんなことよりも、

ぐにゃり、朔は世界が歪んだ気がした。
ならば誰が。どうして。なんのために。

死者の手首を、切りとったのか。

こうして、新たな謎が、
地下牢へ放りだされた。

＊＊＊

「あの日、俺と妻の千景は使用人部屋で言い争いになった。千景は一階へ逃げ、俺は追いかけた。そして、ガラス張りの机に頭を打ちつけることで殺したんだ。俺は部屋に帰り、数時間ただ震え続けた。逃げだす決意ができたときには、すでに死体は大旦那様に発見されたあとだった……現場に戻ったとき、手首は切断された直後に見えた。血があまり垂れていなかったから」

震えながら、富美彦は語った。

そこに、嘘はないだろうと朔は思った。彼は殺人自体は認めている。春日の判断基準では死刑だ。手首の切断についてだけ、いまさら嘘をつく理由などない。

ふむと、春日は唇を押さえた。小さく、彼女はつぶやく。

「やはり、な」

「なに？」

「今回の殺人は衝動的犯行に思えた。だが、左手首の切断には、目的に対する冷静さが感じられる。どうにも、両者は繫がらないなとは考えていたんだよ。だから、藤花君に死者の呼びだしを頼むさい、私は『まず』と言ったのさ」

朔は目を細めた。嫌な予感のするひと言だ。

あんのじょう、春日はとうぜんのごとく続けた。

「いいかな、藤花君。次は手首の切断犯を見つけてもらいたい」

藤花もまた、目を細める。半ば答えは予測できている口調で、彼女はたずねた。

「なんのためにかな？」

「私が楽しいからっ！」

元気よく、春日は答えた。

そう言うだろうなと、朔も考えてはいた。ちらりと、藤花と彼は目を見あわせる。藤花は気が進まないという表情をしていた。朔もそうだ。静かに、彼は思う。

(死体の手首を切りとったところで)

なにも変わらない。

どうせソレは肉だ。

死体損壊の罪には問えるだろう。だからと言って、積極的に犯人を探す気にはなれなかった。

だが、しかたがないと二人は諦める。

なにせ、春日の気がすまなければ、この虫籠からはけっしてでられないのだ。

「僕たちも君たちも、このままではらちがあかない。話を聞かせてもらえるかな？」

藤花は――富美彦を除いた――一人の男と二人の女に問うた。

しぶしぶといった様子で、彼らはうなずく。

まず、千景の友人が話をはじめた。

＊＊＊

「ずーっと、私はあの男とは別れろっーて、言い続けてきたんですよねぇ」

堰を切ったように、彼女はべらべらとしゃべりだした。高い声がひびく。

「その果てが、コレですよぉ！　あーあ、だから言ったのにぃ。恋愛って怖いですね。あの子、惚れたら一途だったからな。あっ、左手首のことは知りませんよ。アレってなんなんですかね。きっもちわるい！」

朔は眉根を寄せた。先ほどから、女性には友情の深さをアピールしている面がうかがえる。だが、その言動からは高慢さが覗いてもいた。どこかうえから、彼女は言葉を口にしている。『きもちわるい』という断言には、本気の嫌悪すらにじんでいた。

「それでですねぇ、私はぁ……」

女性は語り足りないようだ。だがしょせん似た話しかでないだろう。

次の相手へと、藤花は目を向けた。そこで、彼女はまばたきをした。

「えーっと、次は、私ですかねぇ」

そう言う相手は、まだ歳若い少女だ。

だが、そのかっこうが異様だった。

長く垂れたそでで、彼女は完全に手を覆い隠している。そこから、ぽたりぽたりと血が垂れていた。左手周辺には血だけでなく、黄色い汁までにじんでいる。体からは、なぜか甘い匂いもした。なにもかもがおかしい。同時に、心配にもなる姿だった。

けがをしているのかと、朔は問おうとする。そのときだ。春日が口を開いた。

「ああ、彼女の姿ならば気にすることはないよ。その子は、千景君の妹でね。異能者さ。憑いている『神様』の力を使った関係で、常に手には傷が刻まれ、血があふれているんだよ。包帯を巻いてもなお、にじみだす量でね。血臭もひどいから、服には香をたいてある」

「そ、そうなんです。ただ、この傷は癒し手の証でもあるんです。人のケガを自分の手に移せる、そういう異能で……移した傷は治らないんですけど、大旦那様たちのお役にたっています」

ふひっと、千景の妹は笑った。

――――移した傷は治らない。

その残酷な言葉を、朔はくりかえした。それならば、彼女は。

「君は……仕えている相手が大怪我を負ったら、それを押しつけられるんじゃないのか?」

「そう……なるんでしょうねぇ。幸い、大旦那様たちはまだ料理中の切り傷や、ハサミで誤って切ったけがくらいしかされていませんが……そ、それで、生前の姉にはずいぶん心配をかけました。でも、……でも、姉の死んだ今となってはどうでもよくって」

ふひっと、千景の妹は音をたてた。絶妙な加減で、彼女は喉を歪に鳴らす。

笑ったのか、泣きかけたのかはよくわからない。そして千景の妹は言った。

「早くに姉さんのところに行けるなら、それもいっかなって」

「ダメだよ、百瀬ちゃん。千景が死んだからこそ、あなたはちゃんと生きなきゃ」

びしっと、短髪の女性は被害者の妹を、――百瀬を指さした。

それに、百瀬は肩をすくめた。謳うように、彼女はささやく。

「………………………………………………うっせぇよ、叶ババア」

「はあっ?」

「テメェが別れろ別れろ言いながら、姉ちゃんの旦那に色目を使ってたことは知ってんだよ。顔イイもんなぁ、アイツ」

「なっ……なっ……なっ」

短髪の女性――叶は真っ赤になった。

改めて、朔は富美彦の顔を確かめた。言葉のとおりだ。彼の容姿は芸能人ばりに整っている。

だが、彼には目をくれることなく、叶は拳を固めて叫んだ。

「はぁ!? 馬鹿言わないでよ！ 私はアイツを殺してくださいって、春日様に進言してんだよ！ 色目なんて使ってたわけないでしょ!?」

「殺害犯で、マジもんのＤＶ野郎だってわかったから、今になって見捨てただけだろうが！ あー、やだやだ。姉ちゃんじゃなくて、テメェのほうが殺されればよかったんだ」

「百瀬ぇ……アンタ……」

ぎりりと、叶は歯を噛みしめた。今にも、彼女は百瀬に食ってかかりそうだ。

言葉が本当ならば、朔には百瀬の多大な嫌悪が理解できた。同時にかんちがいでも本当でも、叶の覚えるいらだちについても想像がつく。互いにぶつけあいたい感情が多分にあるのだろう。

だが、

（これでは話が終わらない）

そう、朔が思ったときだ。

百瀬と叶の間にひらりと蝶が舞った。

おそらく、『黙れ』と命じるために。

春日の異能は知っているのだろう。ぴたりと、二人は口を閉じた。

藤花の視線を受け、百瀬は口を開いた。

「手首の切断については、なぁんにも知りませんよ」

ふるふると、彼女は首を横に振る。

百瀬の証言はそれで終わりだった。

そして、藤花と春日は三人目に向きあった。春日は殺人犯ではないほうの男を指さす。

「それでは、君。田代君——なにか言うことはあるかな？」

「……俺は特に……ただ、左手のことは知りませんよ。他に言うなら……こんなことに巻きこまれて、ほんっとうに迷惑に思っています」

最後の男——田代は深くため息をついた。ボリボリと頭を掻き、彼は眼鏡の位置を直す。

怠惰な口調で、田代は言った。

「今まで空気を読んで、いっしょに騒いだり黙ったりしてきましたけどね。どうせなら、全員殺してくださいよ。山査子には飽き飽きしてるんだ。最後には、どうせ人間みんな死にますし」

これまた、極端な思考の持ち主だった。さらに彼は大きなあくびをひとつする。

もう、田代の話は終わったらしい。

そこで、春日が振り向いた。彼女は藤花にたずねる。

「さて、藤花君。なにか、わかったことはあるかな？」

「まあ、だいたい、ね。左手首が消えた理由は予測がつくかな」

「えっ？」

朔は目を見開いた。まさか、今までの流れから判明することがあるとは思わなかったのだ。

だが、春日にとっては特に予想外な発言ではないらしい。動揺もなく、彼女は先をうながした。

「それはなにかな、言ってごらん？」

「切りとられたのは左手首だ。右手首ではない。そして、『左手首のみ』が切りとられている。

そこには肉の切断だけには留まらない、いろいろな意味があるように思える。うちのひとつは、いっしょに消えている、『あるものを奪おうとした』ためではないかな」

「あるもの？」

朔は首をかしげた。

あるものとは、いったいなにか。

かんたんだよ、と藤花は言う。富美彦の左手を指さし、彼女は続けた。

「結婚指輪さ。千景さんのものは死後硬直で抜けなくなっていたんだよ」

朔は富美彦の証言を思い返した。

死後数時間後に、被害者の遺体は発見された。その直前に、手首は切断されている。つまり、指輪は藤花の言うとおり、抜けなくなっていた可能性が高い。

だが、と朔は口を開いた。

「それはおかしい。藤花、指輪を抜きたかったのならば、指だけを切断すればいい。手首ごと切り落とす必要はない」

「そうだね。だが、それではすぐに指輪泥棒がいることがわかってしまう。持ち物検査でもされては危ういからね。手首を切ることで、犯人は指輪が目的だと気づかれないようにしたのさ」

ならばと、朔は思う。

犯人は、叶だろうか。

かつて、彼女は千景の夫に想いを寄せていたという。

自分までもが捕まったことで、その情熱は霧散した。だが、死亡直後の千景を見たさいには、婚姻の象徴である指輪を奪おうと思いついたのではないか。

そこまで、朔が考えたときだった。

「そしてなによりも、『一番の目的は左の薬指にある』と気づかれないようにしたかった……そうですよね、百瀬さん？」

まっすぐに、藤花はたずねる。

ふひっと百瀬は肩をゆらした。

泣いたのか、笑ったのか。

わからない、反応だった。

「僕がまず考えたのは、『指輪を抜いたあとの左手』を犯人がどうしたか、だった。犯人が叶さんならば捨てただろう。だが、君ならばそんなことはするとは思えない。すると、君の外見の『ある部分』が気になってくる」

＊＊＊

「ある部分？」

朔は眉根を寄せる。彼女は百瀬の姿をながめた。

元から、百瀬の全身は異様だ。

だが、中でも、藤花の気になった箇所はどこなのか。彼女はその答えをつむぐ。

「君の傷は治らない。そして、今まで移した傷は『料理中の切り傷と、ハサミで切った傷』だという。両方ともに鮮血のあふれる傷だ――ならば、その『黄色い液のシミ』はなんだい？」

藤花は百瀬の左そでを指さした。

そうかと、朔は思った。百瀬のけがは治らない。傷の状態は変わらないのだ。それならば、鮮血があふれ続けるだけで、体液だけがにじむ事態にはならない。

ならば、服のシミはなんなのか。

「また、『君が犯人』だと考え、その左手には『なにがあるのか』を予測し――逆算することで、左手首全体を持ち去ったことへの意味をもうひとつ読みとることができた」

「……ふひっ、なんでしょうかねぇ」

「被害者の左薬指から指輪を外す嫉妬心。その指に執着する恋心。それらに気づかれてはならない立場の人間だったからこそ、とっさに両方がバレないよう、左手首全体を切りとったのさ。つまり、犯人は近親者……彼女の妹だという線がより強固になる」

流れるように、藤花は語った。ついっと、彼女は右手をあげる。

百瀬の黄色く汚れた左そでを、藤花は指さした。

「証拠はそこだ……なぜ、君はそんな異様なことをしたんだい？」

「ふひっ」

悲しげに、藤花は問う。

応えるように、百瀬は長いそでをめくった。

隠されていた代物が、シミの正体がのぞく。

瞬間、朔は頭を殴られたような衝撃を覚えた。

（腐敗臭は甘ったるい香の匂いで隠されていた）

切断した、姉の左手首。

そこから、百瀬はさらに左の薬指だけを切りとっていた。

死者の指からは、腐敗液が滲んでいる。肉にはぐるぐると巻かれた糸が食いこんでいた。

それこそが、百瀬の真の目的だったのだ。

姉の薬指と自分の薬指を、彼女は固く結びつけていた。

運命を語るような、紅い糸で。

＊＊＊

「だってさぁ、姉ちゃんと離れたくなかったんですもの」

そう、百瀬は己の行動にかんする単純な動機を語った。

姉の死肉をからだに結びつけながら、彼女は平気な顔をして続ける。

「どうせ、私たちは今世では結ばれない仲でした……そして、もう語りあうことさえできなくなったのだから、指くらいもらったっていいでしょうに」

そこで、百瀬は表情を切り替えた。猿のように歯をむきだして、彼女は人々を嘲笑う。

心底から愉快に思っている口調で、百瀬は言い放った。

「いい大人たちが、ナニをこんなことでガタガタぬかしてんだかぁ」

「な、にがこんなこと、よ。異常よ……異常」

叶は百瀬から大きく距離をとった。壁に背中をぶつけながら、彼女は言う。

それに、百瀬はふひっと笑った。挑発的に、彼女は春日へ首をかたむける。

「歪、異常、大変ケッコウ。どーなさいますか、春日様ぁ」

「なにかな？」

「ほーりつで私を裁くことはできるかもしれませんがねぇ。それであなたは満足ですかぁ？　そうじゃないでしょ？　私になにをやらせたいんで？」

「……………ふむ」

なにかを吟味するように、春日は己のあごを撫でた。

その間、ひらりひらりと、蝶たちは舞い続けた。まるで、出番を待つかのようだ。処刑直前の執行人のように、彼らは周囲に留まる。

少なくない、時間がすぎた。

やがて、結論がでたらしい。

百瀬に向けて、春日は告げた。

「本当は、どんな罪でも罪は罪と、殺人犯も切断犯も、二人ともを殺そうかと思っていたのだけれどね。ひとつ、愉快なことを思いついたから提案をしてみようかな」

「なんなりと」

「富美彦君……君の姉の夫はどうせ死刑だ。だが、君さえよければ、その手で彼を殺す権利をやろう。代わりに、それを選んだ瞬間から君は殺人犯だ。彼を殺し終わった君を、私は殺すよ。だが、許すというのならば、特別に無罪放免にしよう――――それでも君は」

「喜んで、殺しますよ」

満面の笑みで百瀬は答えた。

春日は己のスカートのポケットに手を入れる。彼女は鞘にしまわれたナイフを投げた。

踊るような動きで、百瀬はそれを受けとる。止める間もなく、彼女はぬるりと動いた。

百瀬は鞘を抜き払う。小さいが、鋭い刃が覗いた。凶器としては心もとないものの、切れ味は十分にありそうだ。うっとりした表情でそれを眺め、百瀬は富美彦へと迫る。

いきなり刃物を向けられ、彼は恐慌状態に陥った。己も人を殺している、それなのに、富美彦は混乱と恐怖に満ちた声をあげた。両手を振り回し、彼は必死にうったえる。

「や、やめろ、やめてくれっ。悪かった。俺が悪かったから」

「後悔するのが百年遅い」

抵抗しようと、富美彦は腕を顔の前にだした。

その手首が、切られる。

血が派手に飛び散った。

殺意を向けられたさいの行動を、富美彦は誤った。凶器は小さく、百瀬は非力だ。落ち着いて、彼はナイフを取りあげるべきだったのだ。苦痛を感じながらでは冷静な行動などできない。

これで、彼は年下かつ小柄な相手に対して、反撃の術をほぼ失ったも同じだった。

朔は悟る。

百瀬は――彼女は、元からわずかな後押しを待っていたのだ。号令がかかればすぐにでも、彼女は姉の夫の喉笛を切り裂くつもりでいたのだろう。あまりにも迷いのない動きが、それを証明していた。体格差をものともせず、彼女は怯えるだけの相手へと、すばやく刃を滑らせる。

「やっ、やめっ」

「死に晒せ」

ナイフで、百瀬は男の肉をきれいに切った。

人間の首が、ぱっくりと裂ける。

（この光景を見るのは二度目だな）

そう、朔は思った。もう、頭は痺れている。他になにも考えられない。同情も悲しみも特に覚えることはなかった。人を殺したものが自身も殺された。それだけだ。

金切り声をあげて叶が叫ぶ。その声すらどこか遠くに聞こえるほどだ。

血飛沫があたりを濡らした。

格子の間近に、春日は立っている。そこまで、紅色は届いた。ホワイトロリータはさらに濃く、今は鮮やかに濡れていく。フリルが重く揺れた。紅い雫が布から一滴、また一滴と垂れる。

その装飾を、朔はくだらないと切って捨てた。ゆらりと、彼は視線を移す。

朔は千景の腐敗した死体を見つめた。

妹の愛しい人だった女性は動かない。

（最愛のものがもし殺されたら）
たしかに殺すなと朔は考える。
藤花を殺されたなら。
自分でも殺すな、と。

また、同時に、彼にはあることがわかっていた。
左手の薬指以外を百瀬がいったいどうしたのか。
食べたのだろうな、と。
ぼんやり、朔は思った。

自分ならば、
食べるから。

間話

蝶(ちょう)は舞う。
朔(さく)は思う。

最期の時間が、予想外に長く許されたことは、この兄妹にとってよいことだったのだろうか。

かつて、朔は考えた。

死と命のあわいで必死にもがくことに、いったい、なんの意味があるのかと。そこには、人の尊厳も希望もなにもない。ただ、穴に堕(お)ちていくかのような、無為で絶望的な時間と言える。

そして白い少女はそれを終演と呼んだ。
幕が完全に降りきるまでの、余韻だと。

今、朔はいやおうなしに学ぶ。

意味のなさそうな、その中でこそわかることもあったのだと。緞帳（どんちょう）がするすると降り、二度と晴れない暗闇（くらやみ）が訪れる。そのわずかな間でしか、覗（のぞ）けない本心というものもあるのだ。また、舞台が終わる直前にしか、演者にぶつけられない言葉も存在する。

だから、今、妹は兄に告げるのだ。


「私はあなたを深く憎んでいた」

「そうだね。僕もだよ、妹君殿」

春日（かすが）は言う。冬夜（とうや）は応える。

ひらり、ひらりと蝶が躍る。

「けれども、私、は」

「言ってはいけない」

血まみれの手を、冬夜は伸ばした。震える指先が、春日の唇に触れる。

それを、口にしてはならない。
後悔するだろうと彼は告げる。

だが、春日は兄の言うことなど聞きはしなかった。彼女は口を開く。

心臓を吐きだすかのように、春日は告白した。

「私は、べつにあなたに死んで欲しくなんてなかったんだ」

ひらひら、ひらり。
十と、百と、千と。

蝶が舞う。
蝶が飛ぶ。

主人の嘆きを、表明するかのように。

息もできないような、色の海の中で。

「…………いまさらだよ」

冬夜はつぶやいた。

突き放すでも、
怒るでもなく、
ただ事実を告げる声で。

「なにもかもが、いまさらだ」

時は、戻らない。

血も、還(かえ)らない。

そうして、兄妹は死に別れる。

第三の事件　天使の墜落

その先は宣言どおりにことは運んだ。

『彼を殺し終わった君を、私は殺すよ』


それでもいいと、百瀬は富美彦の首を裂いた。

びくりびくりと震えながら、彼は倒れ伏す。粘つく血が、床のマットへとろとろと広がった。

「……ふふっ」

その無様な死にざまを、百瀬は満足そうに見おろす。

続けて、百瀬は己の左手に触れた。紅い糸を、彼女はするするとほどく。姉の薬指をつまみあげ、百瀬は口を開けた。死者の腐肉を、彼女は唇の奥へ入れる。

そのまま、百瀬は指を呑みこんだ。

彼女の目的を、朔は悟る。己が死んでも、離れないようにするためだろう。

永遠に続く執着を、百瀬は見せつける。

妊婦のように腹を撫でて、彼女は春日に言った。

「はい、これで、いいですよ」

「それじゃあ、えんりょなく」

ひらひらりと、蝶が飛んだ。ひゅっと、それは鋭く肉を切る。

瞬間、朔はがくぜんとした。春日の残酷な行為に対し、彼は言葉を失う。

（よりにもよって……）

彼女は、百瀬の腹を裂いたのだ。

内臓がこぼれる。

胃が、割られる。

中身があふれる。

そこには、姉の指も混ざっている。

百瀬は目を見開いた。

「……あっ……ああっ……あああああああああああああああああああっ」

百瀬は慟哭した。かがみこみ、彼女はなんらためらいなく、己の内臓に指を入れる。

ぐちゃぐちゃと、濡れた音が鳴った。

必死に、百瀬は薬指を探す。だが、見つけることのできないままに、ごぼりと盛大に血を吐いた。大量の紅色は、ごぼごぼと泡だつ。ふさがれた喉が、溺れた音をたてた。

それでも、百瀬は諦めようとはしなかった。己の腹へと繋がる臓物を傷つけながらも、彼女は姉の欠片を拾おうともがき続ける。だが、不意に、百瀬は力を失った。

どしゃりと、彼女は前のめりに倒れる。

自身の内臓の中へと。

漏れた血や胃液、温かな糞尿に顔をつっこみ、百瀬は動きを止めた。

朔は目を逸らす。

あまりに哀れだ。

「いや、いやよ、もういやだ。いやだよぉおおおお。なんなのよぉおおおおおおおおおお」

壊れたように、叶は叫び続ける。

無関心な田代はなにも言わない。

愉快そうに、春日は笑っている。

そして、藤花は動いた。いきなり、彼女は春日のドレスのスカートに指を這わせた。うむを言わせずに、藤花はポケットを探りあてる。中から鍵束をとりだすと、彼女は格子に近づいた。

「…………藤花?」

「よいしょっとっ」

格子を開き、藤花は地下牢へと入った。

そのとたん、動くものがいた。

「ひぃっ……ひぃいいいっ！」

これ幸いと叶が外へ逃げていく。途中にある、千景の死体の腹を踏みぬきさえしながら、彼女はでていった。だが、その必死なさまに藤花は目もくれなかった。彼女は百瀬を抱き起こす。がくりと、死者の首は揺れた。ぐるりと、その眼球は裏返っている。

すべてが、彼女の命の尽きたことを告げていた。

藤花は百瀬のまぶたを閉じた。さらにハンカチで汚れた顔をふいてやる。百瀬をあおむけに横たえらせると、藤花はためらいなくかがんだ。汚く床に広がる胃の内容物を、彼女はあさる。死者の指を探しだすと、藤花は百瀬の胸のうえに乗せてやった。そして彼女自身も目を閉じる。

祈るように、藤花は沈黙した。

からかうように、春日は言う。

「なんだい、藤花君？　ずいぶんと慈愛に満ちた行動じゃないか？」

「僕も死んだら、朔君に食べられたいと思ったから。それだけだよ」

堂々と、藤花は応える。

思わず、朔は目を見開いた。確かに、彼は考えた。藤花が死んで、それでも生きていかねばならないというのならば、自分はその肉を食べるだろう。一片たりとも、無駄になどしないと。

だが、それと同じことを、藤花も思っているとは予想しなかった。

さらりと、藤花は黒髪を揺らす。まっすぐに、彼女は春日を見た。

「なぜ、あなたは百瀬君の腹を裂いたのかな？」

「それはね。彼女の姉が愛していたのは、しょせん夫のほうだったからさ！」

高らかに、春日は語る。

朔は考える。それは純然たる事実でもあった。被害者の一途さについては、叶も証言している。殺されるまで千景は夫から離れようとはしなかった。事実に対し、春日はにやにやと笑う。

「それなのに、愛しくもない相手に指を喰われているなんてね！　かわいそうじゃないか！」

「嘘つき」

間髪いれずに、藤花は言った。

朔もうなずく。春日に、藤花は無表情な目を向けた。

『少女たるもの』は言いきる。

「あなたはただ、楽しいから裂いただけだよ」

春日は顔を硬直させた。チェシャ猫のように口元を歪めたまま、彼女は固まる。

その間に、朔は藤花に近寄った。ハンカチは持っていない。代わりにシャツのそでで、彼は彼女の指を丁寧にふいた。そして藤花を背中にかばう。舞い踊る蝶たちも、彼はにらみつけた。

紫、紅に蒼に黒。様々な色を前に、朔は言った。

「藤花、アイツらが向かってきたらすぐに逃げろ」

「嫌だよ、朔君。君を置いてなんて行けないよ」

「いいから。今だけは、言うことを聞いてくれ」

「そんな」

「わかってくれ」

まだ、春日は動かない。

どう、動くかは不明だ。

緊張に朔は息を殺した。

かと思えば、じつに機嫌よく、春日は笑いだした。

「ははっ……はははははっ、あはははははっ」

しばらく、笑いの発作は続いた。死体を前に、彼女は血まみれのまま爆笑を続ける。だが、春日はとつぜん口を閉ざした。目を宝石のごとくキラキラと輝かせて、彼女は藤花を見つめる。

「運命だと思う」

春日は言った。

告白のごとく。

あるいは、一世一代のプロポーズのように。

「シャーロック・ホームズに賛美者と理解者としてのジョン・H・ワトスンが必要だったように、私は共犯者と観察者としての相方を求めている。君の推理力と分析力は、まさしく私の欲していたものだ……ついに、結論はでた」

ぺろり、春日は唇を舐めた。性的興奮を覚えているかのごとく、彼女は頬を朱色に染める。

そして、告げるのだ。

「君は、合格だよ」

だから、とっておきに連れて行こう。

そう、春日は浮かれながら言葉をつむいだ。

主人の喜びを讃えるように蝶は舞い続ける。その周りは濃い血の香りと、生々しい汚物の匂いで満たされていた。床のうえには、みっつの死体が落ちている。やがてはすべてが腐るだろう。

なるほど、確かにここも。

醜い地獄だと朔は思った。

＊＊＊

「さあ、行こうか。二人ともついておいで」

春日の号令で、三人は地下牢をあとにした。

彼女の先導で、朔たちは階段を昇っていく。最後まで行き着くと、そこには意外な人物がいた。子供のように膝を抱えて、人影が座りこんでいる。

「いやだぁ……もう、いやだぁ。逃がしてよぉ」

鉄の扉の前には、叶がしゃがみこんでいた。どうやら、外には出られないらしい。扉の表面には血がにじむまで叩いた跡があった。あたりには、幼子のような泣き声がひびき続けている。

春日は、彼女のことも殺すのか。

そう諦念とともに、朔は考えた。

たとえば、耳ざわりだという、それだけの理由で。

だが、春日は叶に対してはなにもしなかった。

「ああ、そういえば鍵が必要だったね」

ごく自然に、春日はオートロックのかかっていた扉を開く。

ギィイッと、錆びた音が鳴った。

「ひぃっひぃっ、ひぃいいいいっ」

前のめりに、叶は駆けだした。這うように、彼女は出て行く。朔たちが地下駐車場につくころには、叶はうえへ続く階段へ向かっていた。おそらく屋敷自体から逃げようというのだろう。

思わず、朔はつぶやいた。

「逃すのは意外だったな。彼女は警察にすべてを話すかもしれないのに」

「そんなことはしないとも。ある意味、『かわいそう』なことに、叶君は馬鹿じゃない」

どういう意味かと、朔は眉根を寄せた。

肩をすくめて、春日は疑問へと答える。

「山査子の末端の多くは戸籍すらもたないんだ。さらに、上は公的権力と癒着しているとくる。この屋敷で起きたことは騒ぎたてたところで、どうせ、むだなのさ。おちついて頭が冷えさえすれば、彼女も戻ってくるだろう」

かろやかに、春日は語った。

不快感に、朔は吐き気を覚える。

藤咲も永瀬もそうだったが、異能の家はどこもパトロンを抱えているものだ。それぞれの権力の大きさについては差があるだろう。だが、そこから離れたものにようしゃなく牙をふるうところは同じだ。だからだろうかと、朔は思う。

（ゆえに、二人は死んだのだろうか）

藤咲の『かみさま』と。

永瀬の『本物』は。

死なないかぎりは、逃れられなかったから。

ならば、今もがいている、朔と藤花は……。

「朔君、僕は死なないから。生きているから」

不意に凛とした声が、朔の耳を打った。

藤花だ。視線で支えようとするかのように、彼女はまっすぐに朔を見つめる。本当ならば泣きだしたいだろう状況下でも、藤花はしっかりと立っていた。

本当は、彼女はとても弱いのに。

朔のためだけに。

そんな藤花のことを、朔は目に映す。

己の唯一大切なものを。

「だから、いっしょに生きよう」

そう、藤花はほほ笑む。

花のような笑みだった。

黒のせいで見えにくいが、彼女も血にまみれている。汚れた姿で、藤花は迷いなく語った。

「朔君がいなければ、僕の人生に意味はないよ」

「ああ……俺もだ。ずっと、そう思っているよ」

始まりはあの春の日に。

美しく、桜の咲く庭で。

『ずっといっしょに歩いておくれよ！　約束だよ！』

みっともなく泣きわめいた少女に対して、朔は単純な恋をした。以来ずっと、彼女こそが彼のすべてだ。だから、朔は鳥籠の中の人の誘いを断って、冬の地獄で生きた人も突き放した。

藤咲藤花こそが、彼の大事なただ一人だ。

これ以上、いとしいものは世界にはない。


本気で朔はそう思い、また考えてもいる。

「俺は決めたよ、藤花」

「……うん」

なにを決めたのかを、藤花は問わない。ただ、彼女は大きくうなずいた。

そのとき二人の間をさえぎるように紅い蝶が飛んだ。春日が声をあげる。

「早く車に乗ってくれたまえ、安心するといい。次の場所では事件なんて起きていないから」

もう、人は死んでいやしない。

そう約束して、彼女は続けた。

「なにも起きていないのに、ただそこにあるだけで醜い地獄へと、私は君たちをつれていくよ……そうそう、特に藤花君。君は……」


天使を、見たことがあるかな？

そうたずねると、春日は嗤った。

自分は実は見たことがあるのだと。

つまらなそうに教えるかのごとく。

＊＊＊

車の中で、また春日はたあいのないことを語った。

山査子に産まれた、彼ら——冬と春の兄妹の話だ。

「そういえば兄上殿と君らは、まともに喋らないままなんじゃないのかい？　かんちがいをされても困るから忠告しておこうかな。彼が救いになるなんてたわけた可能性は考えないことだ」

吐き捨てるように春日は告げた。その口調には根深い嫌悪がにじんでいる。

朔は眉根を寄せた。やはり、春日は冬夜のことを異常なほどに憎んでいる。

声に滲む激情の強さは耳が痺れるほどだ。

針を刺すかのごとく、春日は鋭く続けた。

「アレはね、本物の『人でなし』だよ」

『人でなし』とは『人ではない』。

そう、彼女は匂わせているのだと朔は悟る。

冬夜との数少ない会話を、朔は思い返した。猫の仮面をはめながら、彼は朔に協力を求めた。

――――にゃあ。

猫は、『神様』へとなりたがっていた。

誰もが崇め、従う、強力な『神様』に。

だが、そのていどの願望は。

(人殺しに比べれば軽いものでは)

「言っておくが、兄上殿も殺人者だよ。しかも、私よりも量を殺している」

あっさりと、春日は述べた。

ひゅっと、朔は息を呑む。単純な事実を、彼は思いだした。

異能を持たなくとも、人を殺すことはできるのだ。

ひらり、ひらりと、蝶が舞う。濁った窓に張りつき、それらは人の顔を形作った。羽根を活かした、モザイクアートだ。泣いている人間の顔が完成する。歪な輪郭はひどく不気味だった。

その目の部分に、春日は指をつきたてる。

さわさわと、蝶たちは蠢いた。

「私の異能からもわかるだろう?　冬と春の兄妹は、山査子内の始末屋なのさ。だから、殺人に有利な『かみさま』を憑かせるよう、兄上殿は周りにさんざん勧められてきた。それを、彼は『量を多くこなすこと』で体よく断ってきたのさ」

そして、彼はついにチャンスをつかんだ。

今は本物の『神様』になろうとしている。

いらただしげに続けて、春日は蝶を片手で払った。人間の顔が崩れる。彼女は朔のほうを向いた。今までになく、その瞳には真剣な光が浮かべられている。春日は本気の忠告を落とした。

「彼に『神様』を移してなんかみたまえ。本当に、世界は滅ぶよ」

多くの、多くの、多くの、
人間たちが、みんな死ぬ。

春日の言葉に嘘がこめられている様子はなかった。彼女は事実のみを語っている。

朔にもそれがわかった。あの得体の知れない男――山査子冬夜は人殺しなのだ。

そう嫌でも理解せざるをえない。

ぎゅっと、朔は拳を握りしめた。

脳内で、彼はその事実を転がす。

（山査子冬夜は頼りにはならない）

元々、頼りにする気などなかった。冬夜の提案後のことだ。彼の屋敷にて、朔はある結論をだしてもいる。だが、改めて突きつけられると、その事実に対しては失望めいたものも覚えた。

ならば、どこへ、どうやって。

逃げればよいというのだろう。

朔は考える。

やはり、答えはひとつしかない。

「……朔君」

「ん、なに？」

「なんとなく」

緊張を察したように、藤花は彼の肩に頭を乗せた。その耳元に、蒼い蝶が止まる。羽根に飾られた藤花はとても美しい。黒髪の先を、朔はつかんだ。艶やかな一房に、彼はキスを落とす。

不機嫌に、春日はその様子を見つめた。唇を尖らせながら、彼女は口を開く。

「着いたよ」

宣言と同時に、車は止まった。

ゆっくりと、朔と藤花は降りる。

そして、二人は言葉を失った。

「……嘘だろ？」

「どういうこと」

彼らは見たのだ。

生きた天使、を。

＊＊＊

「とつぜんのお越しですね、春日様」

そう、天使は頭をさげた。

おそらく、女性だろう。華奢な体つきを見て、朔はそう判断した。だが、もしかして違うのかもしれなかった。その胸元にはふくらみがなく、骨格もどこか硬い。異様に細身の男性であると告げられても違和感はなかった。だが、どれも違うのかもしれない。

朔には聞いた覚えがあった。

(天使とは無性だ)

女か男である以上、コレはナニカ、別の生き物だろう。

だが、目の前に立つ者は『天使』としか、表現のしようのない存在だった。

なにせ、背中から巨大な猛禽の翼が生えているのだ。


人間ではありえない。

そんなものは、人ではなかった。


だが、不意に、朔はある可能性に気がついた。

「もしかして、あなたは……」

「ええ、異能者です。憑かせた『神様』の影響で、翼が生えました」

目の前の人は語った。やはり、と朔は思う。彼は病院で見た、男の牙の伸びかたを思いだした。身体の変容も山査子の異能ならばありえるだろう。

彼か彼女かわからない存在はてのひらを差しだした。

そして、天使はほほ笑んだ。

「ここここそ、山査子のもっともたる暗部。肉体が異様に変化した人間を、外にはださないための監禁場所です……表にだすことは叶わない場所へと、ようこそ、『ただの人間』のかたがた」

そう言い、天使は朔の手を握った。彼はハッとする。

もの言いたげな瞳で、天使は朔を映した。彼は思う。

異能者は、崇められるか、
あるいは貶められるかだ。

人か、化け物か、神様か。

ここには集められている。


化け物が。

＊＊＊

天使は語る。

「もう少し、詳しいことをご説明しますね」

通常、山査子(さんざし)の『神様』は憑(つ)かせたところで、異能をさずかるのみだ。

だが、まれに、肉体にも変質が生じることがあるのだという。

隠せるていどならば問題はない。しかし、目の前の天使のように、人間にはありえない部位が生じることすらあった。それを、山査子は隠ぺいしている。『人間にはありえないはずのことが起きる』。その異常の解明よりも思考を停止して、事実にただ蓋(ふた)をすることを選んだのだ。

『翼が生えた、人間などいない』

その一般常識を大きく揺るがすことを、山査子はよしとはしなかった。自分たちの腹を探られるのを防ぐためにも、彼らは異常が生じた人間たちを一箇所に閉じこめた。

それが、ここだという。

ビクトリアン様式を思わせる屋敷は近代的な高い柵(さく)で囲まれている。朔(さく)が見た限りでは、乗り越えることは不可能そうに思えた。この中では二十人ほどの人間が暮らしているとのことだ。

そのわりに、豪奢(ごうしゃ)な邸内は静かだった。

「異常部位の発生したものたちは、体に痛みを覚えることが多いのです。そのため、仲間はみんな休んでいますね。私も迎えのお役目がなければ、この時間は寝ています」

天使は語る。うなずき、朔はあたりを見回した。

応接間に、彼らは案内されている。

床には上質な絨毯が敷かれ、暖炉では薪が燃えていた。刺繍の見事なソファーも座り心地がいい。窓には鉄格子がはめられてはいるものの、居心地自体は悪くなさそうだ。

そう、朔が告げると、天使はうなずいた。

「ええ、私たちは大部屋で寝ておりますが、そちらもきれいですよ。もっとも、掃除をするのは私たちですがね。さすがに、食材は外から運びいれます。ですが、基本は自給自足ですし、隣には焼却施設もあって……」

「説明ご苦労。けれどもね、君は名乗り忘れていないかい？」

「あっ、失礼しました。私は鳥子と申します」

春日の言葉に、天使は頭をさげた。あわせて、背中の羽根が揺れる。

朔は見た。羽根と背中の癒着部位には少なくない血が滲んでいる。意識して眺めると背後の重みにひきずられてか、骨格にも多少の歪みが確認できた。視線に気づいたのか、鳥子は笑う。

「そうなんです。私、内臓もふくむ全身が歪んでいて長くはないんです。この役立たずな部位のせいで……中には、部位をいろいろ使える子もいるんですけれどね。水中で長時間呼吸ができたり、自分の体を持ちあげられたり……でも、私は筋肉量が翼に追いついていないから飛べもしないのに……切除手術も血管の関係でできなくて、コレのせいで早く死ぬんですよ」

「ここにいる子たちは、全員短命なんだよ」

カチャリと、春日はカップを手にとった。鳥子の淹れた紅茶を、彼女はひと口飲む。

黙ったまま、朔は事実を聞いた。彼もまた、異能の目を持っている。だから、朔にはわかっていた。下手になにかを言うことなどできない。異能により負った運命は逃れようがないのだ。同情を向けることすら、刃になりうる。

数秒後、おそるおそる、藤花が口を開いた。

「それで……僕たちはここでなにをすればいいんだい？」

「なにもしないでいいよ。ただ数日をすごすだけでいい」

春日は言った。その周りを蝶が飛ぶ。

朔は眉根を寄せた。彼は鳥子を見る。

もう寿命が長くないという天使は明るく言った。

「では、私がお客様用の寝室へとご案内しますね」

「頼んだよ……ここは、死を待つものたちの家だ。だから、なにも起こりはしない。地獄めぐりはおしまいだ。ゆっくり休んでくれていいよ」

思わぬ優しい言葉を、春日はささやく。けれども、彼女はくすりと笑った。

「ここ自体が、醜い地獄にほかならないけれども」

＊＊＊

「それでは、私は失礼いたしますね」


バタンと、扉が閉じる。

鳥子の後ろ姿——より正確に言うのならば、猛禽の翼は見えなくなった。

部屋には、朔と藤花だけが残される。

（…………………さて、と）

改めて、朔は室内を確認した。

基本的な造りは、最初に案内された応接間と同じだ。外観と違和感のないようにか、家具は全体的に重厚かつ、上品なテイストでまとめられている。広さも十分にあり、高級ホテルの一室を連想させた。革張りのソファーの前には、最新機種のテレビまでそなえられている。

屋敷が山査子の暗部だという事実は、この部屋からは一見して感じられない。

だが、と朔は違和感と不安を覚えた。

（ベッドとバスルームが広すぎる。二人での滞在を前提とした部屋なのか？　そのわりには、ソファーは一人用だ。『特定のもてなし』に使われるための場所なんじゃないか……ここは？）

鳥子の姿を、朔は思いかえした。

ここの住人は、誰もが身体に異常部位を抱えているという。言い換えれば、彼らは希少性の高い『人的資源』だ。それを始末屋まで抱えている山査子が、ただ寝かせておくものだろうか。

人間とは悪食だ。

性的嗜好もさまざまである。

気づいてしまう己に、朔は深く嫌悪を覚えた。だが、彼の勘は告げている。

おそらく、推測にまちがいはない。

(この屋敷は、山査子の『娼館』だ)

人ではないものを、
人間から逸脱した存在を、金さえ積めば抱ける場だ。

本当は、彼らは『神様』に変えられただけの、ただの人間だった。だが、そんなことに、客たちは構いはしないのだ。『人に見えなければ、人間ではない』。それが多くの共通見解だろう。

また、山査子の末端のものに自由意志など許されてはいないと推測ができた。この部屋に着くまでの会話で、鳥子はあいまいに言葉を濁していた。それでも『奉仕活動』が強制されているという事実は、想像にかたくない。

言いようのない不快感に、朔は唇を嚙みしめる。さらに、彼は考えを進めた。

――そして、

「ねえ、朔君？」

「っ、わあっ⁉」

「あっ、ごめん。驚かせちゃったね。ごめんなさい」

思わず、朔はまばたきをくりかえした。間近で、藤花が彼の顔を覗きこんでいる。それにも気がつかないほどに、朔は思考へ没頭していたのだ。一番大事なものを放置するなど、あってはならないミスだった。慌てて、彼は彼女に向きなおる。

「朔君、考えることがたくさんあるのに、僕はダメだね」

目の前では、藤花がしょんぼりとしていた。

その様を見て、朔はどうするべきかと考えた。やがて、彼はうんとうなずいた。

わざとふざけて、朔は腕をあげた。そのまま、彼は藤花をぎゅっと抱きしめる。

「藤花、がおーっ！」

「わあっ、朔君オオカミだぁ！　食べられちゃうよぉ！」

「藤花のお腹を、モフモフするオオカミだぞ」

「わわわわわ、僕はお腹を触られています」

「なんで実況ふうなんだ？」

「なんとなくです」

「なんで敬語?」

「なんとなく」

「…………」

「…………モフモフモフ」

「わわわわわわわ」

「全世界の皆様、藤花のお腹はすべすべのもちもちです」

「実況やめてぇ」

「モフモフモフ」

「わわわわわわ」

そうして、二人はしばらくじゃれあった。

ふかふかのベッドに、朔と藤花は倒れこんだ。

朔は藤花のうすいお腹や、細い腰をたんのうした。わわわわわわと慌てながらも、藤花は好きにされている。精神的疲労を癒すため、朔はここぞとばかりに藤花をなでた。

やがて、朔は彼女の腹部に思いっきり顔をうずめた。そのまま、目を閉じる。

「……朔君?」

「……うん?」

「なにしてるの？」

「藤花を吸ってる」

「ううん、お疲れだね、朔君」

「疲れたよ」

「お疲れ様」

朔の頭に手を添えながら、藤花は言う。

細く、朔は息を吐きだした。その髪を、藤花がわしゃわしゃと撫でる。

「よしよし」

「……うん」

「本当に、いろいろあったしね」

「……ああ、たくさんのことが」

永瀬での美しい地獄。

山査子での醜い地獄。

それぞれを、彼は思う。その中で、朔は多くのものを見捨ててきた。彼の罪と業を思えば、
二人で今もすごせていることは奇跡のようなものだ。

いつかは罰が返ってくるだろう。

そう、朔には、思えてならない。

それでも、どんな選択肢をつきつけられたところで、朔は藤花を選ぶのだ。

彼の決意は、すでに終わっていた。なにを犠牲にしようが、後悔はしない。

だからといって、精神が摩耗しないわけではなかった。

深く、朔は息を吸った。そのまま数秒間、彼は呼吸を止める。意識が白くなるころに、彼はようやく二酸化炭素を吐きだした。そんな無意味なことを、朔はくりかえす。

彼の頭を藤花はゆっくりと撫でた。どこまでも優しい声で、彼女は告げる。

「朔君、あのね、『かみさま』は心配していたよ。いつか、君が僕のために死なないかを」

「……えっ？」

驚いて、朔はまぶたを開いた。心配の言葉は、生前の彼女からくりかえし聞かされている。だが、まさか『かみさま』が、藤花にも語っているとは思わなかった。

それはと、朔は語ろうとする。だが、藤花は聞こうとはしなかった。

遠くをなつかしむ目をして、彼女は続ける。

「そんなことは、僕自身がさせない。絶対に守りぬいてみせる。そう、約束したら、彼女は安心していたよ。そして……」

僕は彼女を突き落としたんだ。

藤花は語る。

結果、『かみさま』はいちど死んだ。だが、魂は体から離れることなく、力を増した。

それでも殺人は殺人だ。

朔を囚(とら)われ人にしないためだけに、少女は少女を殺した。

そうして、『少女たるもの』は語る。


「忘れないで。君が僕のためならなんでもするように、僕もまた君のためならなんでもするよ」

まじまじと、朔は藤花を見つめた。

一方で、彼女の澄んだ目は彼を映してはいなかった。ただ、藤花は天井へ視線を向けている。

あるいは、自分が過去に人を突き落とした後の惨状を透かし見ているかのようだ。

不意に、朔は気がついた。

いまさら、
ようやく、
彼は知る。

(永瀬未知留(ながせみちる)が、恋に生きた鬼だったように)

藤咲藤花も鬼だった。
愛に殉ずる鬼なのだ。

だが、朔はそれを怖いとは思わなかった。彼女のために、彼とて人の道を捨てている。二人はとてもよく似ていた。鬼で、人でなしで、異能者で、そして弱いだけのただの強欲な人間だ。

そう、恐ろしいほどに、
彼と彼女は人間だった。

「愛してるよ、藤花」
「愛してるよ、朔君」

今までと同じ言葉を、二人は違う調子でつむぐ。

そこには確かな覚悟があった。
凄惨で壮絶で醜く、身勝手な。
すべてを蔑ろにする、覚悟が。

愛とはそういうものだ。
そう、決めてしまった。
たとえ、まちがっていたとしても。
朔は藤花を見る。
藤花は朔を見る。
ゆっくりと、二人は唇を重ねた。
初めてのキスは、人の味がした。
穏やかな時間はそこまでだった。
その夜、殺人事件が起きたのだ。

＊＊＊

陽は落ちた。

まず、鳥子が部屋に迎えにきた。彼女と話をしたあと、朔と藤花は春日と合流した。間接照明に柔らかく照らされた廊下で、春日はひらりと手を振って言った。

「やあ、少しは休めたかい」

「まあ、」

「それなりに、ね」

「いいなぁ、私も藤花君とイチャイチャしたかったよ」

「それは、無理だな」

「絶対にごめんだね」

「うーん、つれないな。藤花君、少しは私の好意に応えてくれてもいいんじゃないかい？　君さえよければ、親愛のキスを送らせてもらってもいいんだよ？」

「やめてくれ」

「お断りするよ」

「うーん、本当につれないなぁ」

会話をしながら、三人は大食堂へ向かった。

春日にならって、朔たちも木製の長テーブルに着く。やがて、給仕が料理を運んできた。

三人は、よく煮こまれたビーフシチューと白パン、果物のゼリー寄せを食べた。どれも味はよく、食材の品質も高い。一人で厨房をしきっているという、料理長の腕もいいらしかった。

「藤花君、あーん」

「自分で食べられるからいいよ」

「つれないなぁ」

「藤花、あーん」

「あーん」

「……君たちね」

しばし、和やかな時間が続く。

その後のことだ。

悲鳴がひびいた。

大食堂には、糊のきいたテーブルクロスをかけられた長机が並んでいる。天井は高く、ファンが回っていた。意図的に照明の抑えられている場に着いたまま、朔たちはその声を耳にする。

「……今のはなんだろうね？」

春日は目を細めた。

大食堂には、他にも人がいた。異常部位の生えた住人たちが、自由に食事をとっているのだ。鴉のクチバシの生えたもの、トカゲに似た尾を持つもの、蝸牛に似た殻を背負ったものなどが、次々と顔をあげる。彼らは不安げにざわめいた。

小さな声たちのひびく中、藤花はつぶやいた。

「鳥子さん？」

その声は、天使のものだった。

ふうんと、春日は鼻を鳴らした。興味があるのかないのか、微妙な口調で、彼女はささやく。

「ここは、死を待つばかりのものたちの屋敷だ。だから、普段は静寂に包まれている。そんなところで、いったいいぜんたい、なにが起きたというんだろうねぇ？」

「行こう」

春日のぼやきを、朔はまともに聞きはしなかった。

鳥子を放ってはおけない。

そう、彼は立ちあがる。

「うん、僕も行くとも」

「藤花君が行くのなら」

すぐさま、春日も後に続いた。銀のフォークを置いて、彼女もスカートをひるがえす。

声を追って、朔たちは外にでた。

＊＊＊

「あっ……ああああああああああああああああ、ああ」

鳥子(とりこ)は、中庭にいた。呆然(ぼうぜん)と、彼女は声をあげている。


鳥子は乾ききったタオルを手にしていた。中庭の隅に干してあったものをとり忘れ、今さっき回収したようだ。その後ろに朔(さく)たちは駆けつける。不意に、彼女は三人の存在に気がついた。

中央に設けられた噴水を、鳥子は指さす。

「あ、そこ、に」

朔たちは見た。

噴水は巨大な花型をしている。その中央には花芯に見立てられた、尖(とが)った石柱が生えていた。

その先端に、人が突き刺さっている。

太った、醜い女だ。

彼女もまた異常部位を持っていた。腰から、蛸(たこ)のような吸盤つきの触手が生えている。その一部は石柱に巻きついていた。だが、ほとんどは死者の腕のようにだらりと垂れさがっている。

それもまた、紅く濡(ぬ)れていた。噴水が吹きあげる水には、大量の血が混ざっている。

腹を貫かれて、醜い女は死んでいた。

春日はあたりを見回した。

ひらり、ひらり蝶が舞う。

ほどなくして、春日は異常に気づいたらしい。掌で半ば顔を覆って、彼女はつぶやいた。

「……おかしい」

「なにがかな？」

「そう言うけれどね、君も気づいているんだろう、藤花君？」

藤花に、春日は言いつのった。

だが、藤花はなにも言わない。あえて、彼女は沈黙をたもつ。

屋敷の壁面には、無数の目のごとく縦長の窓が並んでいた。ひとつも、開いているものはない。それらを指し示して、春日はうったえた。

「見たまえ。窓はすべて閉じられている。それに噴水までは距離があり、飛び降りたところで中央に突き刺さることは難しい」

「そうだね。そのとおりだよ」

「つまり、自殺は不可能だ。ならば誰かが殺したのか？　だが、そのためには複数の協力者が必要だ。そして、ここは死を待つものたちの屋敷なんだよ。あそこで死んでいるものも、もうすぐ死ぬ予定だった……ならば、なぜ、わざわざ大人数で協力してまで殺す必要なんてある？」

春日はうめいた。

朔は考える。

彼女ならばさまざまな理由を考えつくだろう。己の手での殺害を望むほどの怨み、自分で手を汚すほどの執着、あるいは恋情。そして、境遇が近いからこそ、一人の懇願に手を貸す憐憫。

一連の可能性を脳内で転がしたうえで、春日は言うはずだ。

やがて、彼女はおおむね朔の予想通りの内容を吐いた。

「大食堂は出入り自由だった。私たちがここに駆けつける直前まで、長く同席していたものは対象から除けるだろう。だが、ほとんどのものに明確なアリバイはない状態だ……いや、そんなことは問うのも無意味だったね。こっちにはかんたんに犯人を特定する術がある……藤花君」


死者の魂を呼びだしてくれるかな？


春日はたずねた。

彼女に、藤花は暗い目を向ける。やりたくないと、その表情は語っていた。だが、予想通りにあたりを鮮やかな蝶が舞い飛んだ。要請に見せかけた脅迫に対し、藤花はしぶしぶうなずく。

返事に、春日は満足したらしい。両腕を組んで、彼女は言った。

「それでは、全員に集まってもらおうかな。鳥子君、みんなを呼んでおいで」

「は、はい……春日様。でも、体や心が弱い子もいます。全員にこの惨状を見せるんですか？」

「逆らったものは殺すから、よろしくね」

物騒で傲慢な指令を、春日はくだした。目をふせて、鳥子ははいとささやいた。


やがて、屋敷の住人たちが集められた。


その前に、藤花は立った。彼女は朔の目を覗きこむ。朔もそれに応えた。

不安そうな彼女を見て、彼は大きくうなずく。

「……大丈夫だ、藤花」

「……うん」

朔の言葉に、藤花は己の胸元を押さえた。さらに目を閉じ、開く。

堂々と、『少女たるもの』は両腕を広げた。

そして、死者を招く。


「おいで」

白い死肉が現れ、
ふわりと蠢（うごめ）いた。

＊＊＊

死の直後なせいもあってか、今回の死者は半分、人の形を保っていた。

上半身は、生前のままの、肥満した醜い女の姿をしている。

だが、その下半身は異様だった。

異常部位の影響を受けたのだろう。塊となってあふれた腸のごとく、白い触手がからみあっていた。やわらかくなめらかな肉がなん本も尾を引いている。その様はひどく不気味だ。だが、奇妙な魅力が見てとれなくもない。まるで精巧に造られた、ギリシャの怪物の像のようだった。

ずる、ずるり、ずるりっ、ずるぅりと、
半身を引きずりながら、それは進んだ。

山査子春日（さんざしかすが）に向かって。

「えっ……なんだって？」

春日は目を見開いた。その間にも死者は前進する。柔肉がこすれ、破れる嫌な音をたてながら、それは這(は)った。春日の足元までくると、女は手を伸ばした。だが、その腕は断ち切られる。

ぼとりっ、と、
手首が落ちた。

蝶(ちょう)の斬撃(ざんげき)だ。

またたくまに死者は刻まれていく。触手を輪切りにされ、死者は顔を縦に裂かれ、乳房も二つに割られた。もういちど女は無惨に殺される。少しずつうすまると、その姿は消えていった。

惨劇を前に、春日は額を押さえる。

「待ちたまえ。おかしいじゃないか……藤花(とうか)君。君の異能は、どうなっているんだい？」

「僕の異能はこの世に未練を残した死者を具現化させる……自分を直接殺したものが間近にいる場合、死者は該当人物に向かうよ。前に君自身も言っただろう？　その人こそが、犯人だね」

「そうだろう……ならばなぜ！」

春日はうろたえる。

藤花の説明を前提とするのならば、犯人は彼女にほかならないからだ。

そこに美しく、高い声がひびいた。オペラの台詞じみた糾弾がひびく。

「ならば、殺したのはあなたなんじゃないですか?」

相手は鳥子だった。うす茶の瞳に、彼女は春日を映す。

春日は目を見開いた。小さく、彼女は舌打ちする。

下に見ている相手に歯向かわれた反応だ。あからさまな侮蔑とともに、春日は応えた。

「馬鹿を言うんじゃない。大食堂に向かう途中、こんな死体はなかった。そして、君が悲鳴をあげるまで、私たちは食事をとっていたんだ。どうやって……」

「でも、春日様は二度ほど席を立たれましたよね?」

たんたんと、鳥子は尋ねた。

ふたたび、春日は舌打ちをする。だが、そこに朔が声を重ねた。

「ああ、確かに、おまえは二回離席した」

「料理長に呼ばれたからだよ。お客人に、アレルギーはあるかとね。その事実は、料理長に聞けば裏がとれるはずだ。不審な点なんてなにも……」

「でも、私は食堂からでていく春日様を見ましたよ」

歌うように、鳥子は続ける。

じょじょに、春日の目にはいらだちがにじみだした。それでも、彼女は口を開く。

「料理長から、倉庫に盗み食いに入っているものがいるようだから、鍵を今一度確認して欲しいと頼まれたんだ。マスターキーは、私しか持っていない。まさかと思ったが、やはり、ピッキングをされた形跡も、強引な侵入の跡も見られなかった……盗人がいるとすれば、運搬担当の本家のものが、入るときに高級品をくすねているんだろうさ」

　不機嫌ながらも、春日は詳細を応える。

　それに、鳥子は目を細めた。いっそのんびりと、彼女は言葉を重ねる。

「でも、食堂からはでたんですよね？　その移動のあいだにでも、犯行は可能でしたよね？」

「……なにが言いたい？　私の細腕で、この殺人が可能だとでも思うのかな？」

「春日様なら、好きな人員に命じて、手を借りられますよね？　移動中の彼女とぶつかり、あなたは機嫌をそこねた。そうして、春日様はああして殺したのでは？　あなたは指揮者として、彼女の殺されるさまを眺めていた。だから、彼女はあなたにこそ怨みを抱いた。違いますか？」

「なぜ、私がそんなことをするんだい？　この蝶たちで、誰でも自由に殺せるのに？」

　春日は指を鳴らした。ざぁっと、蝶が群れをなす。十と、百と、千という色が波となった。

　その羽根のひとつひとつが、鋭い刃と同じなのだ。

　だが、なにも恐れることなく、鳥子はさえずった。

「春日様ならやるでしょう？　愉悦で、思いつきで、残忍に殺したいからと。そうやって、悪趣味に彼女の死体をかかげたあと、さすがに本家から叱責されるかと無言を選んだんですよ！」

「どうしても、君は私を犯人にしたいようだ。だが、糾弾は的外れだね。それに、もしも、私が殺していたところで意味はないよ。だって、私はここの誰を殺しても咎められなんて……」

「それが違うんですよねぇ！」

高く、鳥子は声を弾ませた。

楽しそうに、

愉快そうに、

彼女はうえに立つものの足を引く。

「あの蛸の触手を持った彼女は、さる高貴なかたのお気に入りでした！　先日の訪問のさいにひと目惚れをなさったとのことなので、まだ情報は春日様にまで届いてはいなかったようですがね。彼女を殺すことは、山査子内でも重罪にあたります！」

「なっ！」

春日の顔に、はじめて動揺が浮かんだ。蝶を飛ばそうとして、彼女はやめる。もしも、ここで鳥子を殺してしまえば罪を認めたようなものだ。めずらしく、春日は視線をうろたえさせた。

だが、誰も応えない。人殺しへ向けるような無慈悲な目だけが、四方から彼女を映した。

勝利宣言のごとく、鳥子は高らかに謳う。

「山査子の皆様、これは調査が必要ですよ！　春日様は、私たちで軟禁処置をしておきます。大人しくお待ちしておりますので、調査隊の派遣を願います！」

中庭に向けて、鳥子は叫んだ。

朔には見えないが、そこにはおそらく集音機か、監視カメラが設置されているのだろう。だが、後者だとしても、脱出防止用で、噴水はアングルには入っていなかったものと思われた。

返事や反応のたぐいはない。

だが、慌てて否定の通話が入らないことから、訴えは受理されたものとわかった。

「…………くっ」

がくりと、春日はうなだれる。あたりを舞い飛ぶ蝶の数は減った。本家の承認が降りた以上、彼女は異能を使って、殺して回ることはできないのだろう。春日の目に確かな屈辱が浮かんだ。

異常部位を持つ面々が、彼女に近づく。

腕を引かれ、春日は連行された。彼女は低くつぶやく。

「後悔するよ」

「それはあなたのほうですよ」

朔と藤花は、そのさまを見守った。

そして、山査子春日は軟禁された。

＊＊＊

マスターキーは、春日の手から奪われた。

彼女は鍵のかかる部屋に閉じこめられた。


「急ごう、藤花」

「わかってるよ、朔君」


それを確認すると、朔たちはすぐさま動きだした。

寝室に戻ると、二人は少ない荷物をつかんだ。大食堂から持ってきたナイフも、朔は懐にしのばせる。藤花もまねをして同じように持ちだしていた。だが、それに対して、朔は忠告した。

「藤花、凶器は置いていけ」

「……ううん、僕も持っていくよ」

だが、彼女はかたくなに首を横に振った。朔は悩んだ。だが、それ以上、止めはしなかった。

万が一の事態も考えられる。抵抗のためのそなえはあってもいいだろう。

藤花の手を引いて、彼は廊下へと飛びでた。そこには鳥子が立っていた。

猛禽類の重い翼を揺らして、彼女はうなずく。

「みんな、動いていますよ。行きましょう」

「ああ」

三人は屋敷から外にでた。

冬の冷たい風が、透明な棘のように肌に触れる。

いつのまにか、空は曇っていた。

夜空には黒が上塗りされている。視界は濃い闇に包まれていた。

その中を、朔は藤花と走る。やはり、屋敷は高い柵に囲まれていた。必要な物資のない囲いの中の住人には、脱出は不可能だ。だが、マスターキーを使うことで、一部が開けられている。

すでに、何名かのものたちが、そこから脱出していた。

朔たちもまた、隙間に飛びこもうとした。

そのときだ。

ひらり、ひらり、ひらりと、

闇の中になにかが舞った。

「…………ッ！」

「鳥子さんっ」

藤花が叫びをあげる。

遅れて、朔はなにが起こったのかを知った。

どさどさと二枚の羽根が落ちる。

鳥子(とりこ)の翼が、断ち切られたのだ。


その様は天使が翼を奪われたかのようだった。

＊＊＊

空中に液体が散る。どうやら羽根の根元には動脈があったようだ。喉(のど)を切られたかのごとく、勢いよく血は流れでた。闇(やみ)の中でも地面に重油じみた黒い水溜まりのできていくさまがわかる。

朔(さく)は否応なく悟った。

これでは助からない。

「なぜ」

朔はつぶやいた。どうせ来るだろうとは予想はしていた。だが、あまりにも対応が早すぎる。

彼がそう思ったときだ。

どうっと風が流れた。

厚い雲が散らされる。

うすく月光が射しこんだ。

「忘れないで欲しいな。私はね、趣味で霊能探偵なんてやっている人間だよ」

ひらり、蝶が飛ぶ。

ひらり、蝶が舞う。


月を背に、血濡れた姿が立っている。

山査子春日だった。


「まんまとしてやられるところだった」

「……春日」

「君たち、私をハメたね？」

壮絶な笑顔を、彼女は浮かべた。

その間も、鳥子の体からは血が流れ続けている。痙攣しながら、彼女は死へ向かっていた。

堕ちた翼を、春日は踏みにじる。悲しそうに、彼女は続けた。

「藤花君、君はわざと情報を伏せたんだ」

「……なんのことかな？」

「『殺した人間のもとへ、死者は向かう』。つまりは、『殺されていない』魂ならば、たんに怨みをもつ相手のところへ向かうわけさ」

気づいたかと、朔は唇を噛んだ。

春日の言うとおりだった。

そもそも、藤花の呼びだした魂の反応は一律ではない。

たとえば、殺されてから長期間が経過したあとの魂も、自身を殺害した犯人が場にいなければ他の怨みの対象へと向かうことがあった。これには鈴の『見えない友だち』に関する事例が該当する。しかし、殺されたばかりだと、自身を直接手にかけた人間にのみ怨みを向けることが多かった。これには永瀬の地下牢で魂を呼びだしたときの事例が該当する。

そして、藤花は『春日が犯人となる』ような、偏った情報のみを説明した。

忌々しそうに、春日はささやく。

「つまり、蛸足の彼女は自殺だったわけだ」

鳥子たちとともに朔たちがしかけた、この屋敷からの脱出のための真実を。

＊＊＊

「聞くが、春日」

「なんだい？」

「窓はすべて閉まっていた。噴水までは距離がある。どうやって彼女は自殺したというんだ？」

そう、その、揺るぎない事実があった。

だからこそ、彼女は他殺とされたのだ。

だが、春日は目を光らせた。激しい怒りを、彼女は声ににじませる。

「あまり、私を舐(な)めないでもらえるかな？」

「それならば、答えを聞かせてくれ」

「いいとも。あの女には、蛸足という異常部位があった。鳥子君から聞いただろう？『部位をいろいろ使える子もいる』、『中には自分の体を持ちあげられる子もいる』と。通常サイズの蛸の吸盤は約二百四十個、その吸着力は約十六キログラムのものを持ちあげられるといわれている。それが人間サイズになれば、自重など余裕だ……蛸足で自分を支える。それから腹部に噴水の先端を突き刺し、押しこんでいくことは、本人の堅固な意志さえあれば可能だ……蛸足の何本かが、死してなお噴水に絡まっていたのはそのためだね」

迷いのない答えに、朔(さく)は唇を噛(か)んだ。

すべては彼女の指摘のとおりだった。

太い触手は複数の腕の代わりをなしたのだ。だが、その行為は鈍い石の刃を、腹に押しこんでいくようなものだった。できなくはない。だが、ひどく惨い、拷問のような死にかただった。

それでも、女はなしとげたのだ。

(彼女は死期が近かった。また、おそらく高貴なかたとやらの寵愛を心底厭(いと)っていたんだろう)

だからこそ彼女は死んだ。

わずかな時間、山査子春日(さんざしかすが)を閉じこめて、
仲間を自由にするためだけに。

「そうして、あの女は死んだんだ。あとは料理長も共謀して、盗人の存在などもでっちあげて、私に嫌疑をかけられる状況を作り……藤花(とうか)君の異能で罪を確定させる。そして、山査子のものへ聞かせるのさ。これで完璧だ」

おだやかに、春日は推理をしめくくった。

朔は目をそらす。

すべて、そのとおりだ。

さらに、春日は指摘を重ねた。

「一応、決行理由も告げておこうか?　私から抵抗なく、マスターキーを奪うためだ。異常部

位を持つものたちの中には、体が弱く、動きが鈍いものもいる。全員で脱出するためには、食糧運搬時などの隙を突くのではなく、柵の鍵を長時間開けておくことが必要だった。さらに、私の動きも封じなくてはならなかったんだ……気がついてよかったよ。そうでなければ、おとなしく本家の調査を待つところだった」

そこで春日は前にでた。

ずいぶん前から鳥子は動かなくなっている。朔にもわかっていた。すでに鳥子は失血死している。心から、朔はそのことを悔やんだ。彼女には、生きて山査子の檻から逃げて欲しかった。

もう、天使は動かない。

哀れな死体を、春日は蹴りつけた。そして、彼女は醜く嗤った。

「ただ死を待つものたちが、なんでこんなことをしたんだかぁ」

「ただ、死を待つしかなかったからだよ」

藤花は応えた。

春日は彼女を見つめる。血濡れ続けてきたホワイトロリータを、春日は脱いでいない。黒く汚れた姿は、まるで藤花の鏡写しだ。それとまっすぐ向きあって、藤花は続けた。

「だからせめて、人として死ねるところで、死にたかったんだ」

（そう、そのために）

鳥子は、朔たちにこの話をもちかけたのだ。

始まりは、最初の握手。

もの言いたげな瞳（ひとみ）で、彼女は『話がある』と書かれた紙を渡してきた。

そして、客用寝室に案内するあいだに、長年練ってきた計画を話した。

また、鳥子（とりこ）はある忠告を添えた。

春日（かすが）がこの場所に『お客様以外』を連れてくるのは殺人のためだと。この屋敷には『焼却施設』がある。そこで、春日は外にはだせない死体を焼くのだ。人を殺すとき、春日は人払いをするため、警備の人間はいなくなる。彼女のもとを逃げるのならば今しかない。それを聞き、朔（さく）は悟った。藤花（とうか）を相棒と定めた春日は、朔を始末するためにここまで案内したのだと。礼を言い、朔は鳥子の計画に藤花の異能が補助を果たす重要なピースになることを教えた。

そして、深く考えた末に計画に乗ったのだ。

食事の案内に鳥子が訪れたさいに、朔は結論を告げた。

その結果は、こうして無残なものとなった。

だが、どう終わるとしても、鳥子はやらなければならなかったのだ。

囚（とら）われの小鳥ではなく、人間として死ぬために。

尊厳と自由のため。


そして、天使は羽根を切られた。

「藤花君……えらそうに言うけれどね。君も人殺しだろう?」

不意に、春日はたずねた。

ぴくりと、藤花は唇を震わせる。だが、彼女は応えない。

春日は腕を組んだ。藤花に向けて、彼女を浴びせる。

「君からは私と同じ匂いがしたからね。初めて会ったときから実はわかっていたんだよ。人を殺したものは、まとう空気で判別がつくんだ。だからこそ私は君が愛しく、欲しかったのさ」

想いを春日は告白する。だが、同時に、彼女は顔を歪めた。

藤花に向けて、春日は裏切られたというように言いつのる。

「それなのに、君はうえからどんなつもりで」

「そうさ、僕は人殺しだよ」

今度は、藤花は言いきった。逃れることなく、彼女は春日の鋭い視線を受けとめる。

その目は恐ろしいほどに澄んでいる。朔は思い知った。彼に語ったとおりに、彼女に後悔はないのだ。人のために人を殺し、嘆いてもいない。きっと、彼女は地獄に堕ちるだろう。それでも、朔はいっしょに行くと決めていた。二人でいられるのならばどこにいてもかまわないと。

とんっと、藤花は地面を蹴る。彼女は春日に抱き着いた。

どうやら、春日の好意とは、本物だったらしい。こんなときでも藤花の行動に対して、一瞬、彼女は表情に驚きと嬉しさを覗かせた。だからこそ、春日の反応は遅れた。

その耳元で、藤花は甘くささやいた。

「だから、君を殺すことだってできるんだ」

「藤花！」

朔は叫んだ。

藤花はナイフを保持している。今ならば春日を殺せるだろう。だが、ダメだと朔は思った。

それは、絶対に駄目だ。

朔は藤花に、これ以上の罪を負わせたくなどなかった。

たとえ、もう、人を殺していたとしても。

一人も、二人も、同じだとしても。

本来の藤花は弱い少女だったから。

彼は片腕を伸ばす。藤花の襟元をつかむと、朔はひき寄せた。藤花はナイフをとり落とす。

それを、朔は摑みあげた。代わりに、彼は刃を振るおうとした。

春日は蝶を飛ばす。

どちらかが、死ぬ。

その瞬間だった。

「そこまで、だよ」

＊＊＊

まぶしい灯りに、二人の視界は切り裂かれた。

柵の前には、何台もの車が停まり、ライトを向けてきている。一帯は、昼のように明るくなっていた。闖入者の意図は明らかだ。二人のことを止めようとしている。

この状況で、殺人を起こせはしない。

春日は、蝶を止めた。

朔もナイフを降ろす。

光の中には、猫の面をつけた人物が立っていた。

苦々しく、春日はささやく。

「……兄上殿」

「やあ、本部の調査隊の到着だよ」

ひょいっと、冬夜は片手をあげた。だが、春日は鼻で嗤った。肩をすくめ、彼女は首を横に振る。すでに、春日は本部に糾弾されないだけの確信を得ていた。胸を張って、彼女は告げる。

「もう、こたびの事件は、彼らの自作自演とわかっておりますが？」

「まあね、屋敷の住人たちの脱出時の映像もあるにはある。だが、念のために、調査が行われることとなった。蛸足の女性は、それだけ、高位の者のお気にいりでね……それが済むまでは、おまえは軟禁処置なんだよ、妹君殿」

「そんな！」

春日は声をあげた。彼女のいらだちに反応したのか、蝶が羽ばたく。

だが、冬夜はそれにはかまわなかった。たんたんと、彼は言葉をつむぐ。

「その間、おまえが勝手に連れだしていた藤咲の二人は、僕の管轄に戻すこととする」

冬夜は片腕をあげた。彼は指を鳴らす。

それを合図に、邸内へと人がなだれこんだ。おそらく、彼らが本家の調査隊だろう。冬夜は顔から猫の面を外した。露わになった本物の口も、獣のように歪んでいる。彼は春日を嗤った。

朔は意外に思った。飄々とした冬夜の印象と、その表情はかけ離れている。

山査子冬夜は、妹に、思いっきりあざけりを向けた。

心から愉快そうな、無邪気な感情のこめられた顔で。

春日は冬夜を睨んだ。彼女もまた、獣のごとく歯をむきだしにする。

「今まで何度か伝えてはきましたがね」

「うん、今までも何度か聞いてきたけれどもね」

「必ず、あなたのことをぶっ殺しますよ、兄上殿」

「それはこちらのセリフだよ、妹君殿」

とうぜんだと言うように、冬夜は応じた。

二人はそっくりな笑みを浮かべる。

両者の嫌悪も殺意も憎悪も本物だ。


また、急展開を前にも混乱することなく、朔は思った。

冬と春の兄妹は、
よく、似ている。

「それじゃあ、行こうか」


とつぜん、冬夜は朔に声をかけた。ひらり、彼は手をさしだす。

朔はひるんだ。だが、目の前の空間は車で埋められている。逃げ道などない。

おそらく、それを承知のうえで冬夜は続けた。

「僕が『本物の神様』をひき受ける時間がきたよ」

今まで、朔たちは春日(かすが)に誘拐され、好きに振り回されてきた。そのはずだ。だが、そのときだった。瞬間的に、朔は考えた。

逃げ続けてきたもの、に。

ついに追いつかれた、と。

間話

ひらひら。
ひらひら。

蝶が舞う。
蝶が飛ぶ。

終幕にいたるまでの時間は長かった。
だが、すべてのことに終わりはくる。

そうして、
そうして？

なにがおきた？

「地獄めぐり、ご苦労だったね」

「……すべて知っていたのか?」


冬夜（とうや）にうながされて、朔（さく）たちは車に乗っている。

そうして革張りのシートに深く腰かけながら、冬夜は言った。

彼に対し、朔は問いかけた。

春日（かすが）に連れられて、彼は醜い地獄を回った。まるで、ハーメルンの笛吹きに先導される、哀れな子供たちのごとく。そうして、見たくはない残酷なものを、たくさんたくさん目に映した。

だが、それもまた、冬夜のてのひらのうえだったというのか。

そう、朔は確認する。

冬夜は肩をすくめた。なんでもないことのように、彼は続ける。

「まあね。僕の屋敷に侵入し、『大切なお客人』を奪うことに成功するなど、あの妹君殿くらいのものだ。それに、彼女の趣味については知っていたからね……藤花（とうか）君を試すために、連れ回すだろうとは予測がついたよ。で、どうだったかな?」

醜い地獄は。

そう、冬夜は問う。朔は思った。

地獄は、地獄だ。

美しかろうと、
醜かろうとも。

「おぞましかったよ……とても」

「そうかい。それなら、『僕に助けだされて、よかったね』」

セリフでも暗唱するかのごとく、冬夜は告げた。

じっとりと、朔は彼に胡乱（うろん）な目を向けた。だが、冷たい反応にも冬夜は動揺を見せない。優雅に、彼は足を組んだ。冬夜の周りの空間は虚（うつ）ろだ。蝶（ちょう）たちは飛んではいない。そのことを、朔はなんだか不思議に感じた。春日を嫌悪しながらもその華やかさに慣れてしまったようだ。

後部座席の緊張にはかまわず、車は滑るように移動を続ける。

目的地に向かいつつ、冬夜は言った。

「妹君殿と行動をともにさせておけば、そのうち、君たちは彼女の怒りを買うだろうとわかっていたんだ。屈辱を受けた妹君殿は、傷つけられた獣だよ。怒りの対象を皆殺しにするまでは、けっして止まりなどしないだろう」

「なにが言いたい？」

「本家の調査はすぐに終わる。その後、妹君殿から君たちを守れるのは『本物の神様』の力を移した僕だけだということさ……つまり、君たちには選択肢がなくなったよと教えたいんだ」

堂々と、みじんも恥じることなく、冬夜は言い放った。

そこまでが、彼の奸計だったらしい。口元に、冬夜は猫に似た笑みを浮かべる。

「僕が人殺しであるとは聞いているだろうけれどもね。安心したまえ、僕は優しいよ」

くつくつと、彼は愉快そうに笑った。

朔も藤花も、返事をしない。だが、冬夜は続ける。

「だって、殺したのはたった百人くらいだからね」

そう、なんでもないことのように、彼は語った。

猫には無意味な数なのだろうなと、朔は思った。

＊＊＊

「さて、着いたよ」

不意に冬夜は宣言した。

同時に、車は止まった。


こんなところも、春日（かすが）とよく似ている。彼女にも、そうした演出家めいたところがあった。

思わず、朔は考えた。


二人は鏡写しだ。


両者の見た目は似ていない。だが、二人、それぞれを目にすると思い知らされた。この兄妹は根底が同じなのだ。春が冬に似たのか、冬が春に似たのか、それはわからない。だが、両者は精神性が近く、魂の底の部分が癒着していた。それでいて、彼らは激しく憎みあってもいる。

朔は思った。

（なんて、馬鹿らしい）

鏡写しの自分を憎悪するなど無駄だ。

だが、二人は相手をひどく嫌悪した。

そして、兄は妹をおいて神になろうとまでしている。

冬夜は山査子（さんざし）の権力にも執着しているようだ。だが、彼には妹を出し抜こうという思いがなによりも強いのではないか。春日を嘲笑う顔を見たときから、朔にはそう思えてならなかった。

つまり、壮大な兄妹喧嘩に、朔たちは巻きこまれていることになる。


そうして地獄めぐりをした末に『神様』に逢うのだ。

なんとも皮肉で、馬鹿馬鹿しくもある道程といえた。


今、山の中の獣道を、冬夜と朔、藤花は歩いている。

先に立ちながら、冬夜は歌うようなひびきで告げた。


「こっちだよ……残念ながら、逃げたら殺すからね」

「春日と、似たことを言うんだな」

「まあ、僕らは兄妹だからね。ただ、それを言われるのは不快だから口をつぐみたまえ」

「……わかったよ」

奥へ、暗がりへ、懐中電灯の明かりを頼りに、朔たちは進む。

まるで、本物の地獄への道行きを進んでいるようにも思えた。

冬夜の話では、この奥には、隠された場所があるとのことだ。

その座敷牢に、『神様』の憑いた異能者と、それを抑える異能者は囚われているらしい。

狭い中で、二人は見つめあっている。彼らが硬直状態にあるあいだは、世は滅ばない。だが、朔の助力を得て、冬夜は今の器から自分へと『本物の神様』を移すつもりでいる。

不安定に歩きながら、朔は考えた。

そうして彼はなにをなすのだろう。

春日の言うとおりに、本当に世は滅ぶのだろうか。

続けて、朔は思った。

朔にとって、世界とは、
藤咲藤花のいる場所だ。

そこを、壊されるわけにはいかない。

そして朔はとある覚悟を固めていた。

藤花に『決めたよ』と、言ったときに、
あるいは『愛している』と告げたとき。

いや、それより、もっとずっと前から。

朔は答えを決めていたのだ。

＊＊＊

「ここだよ」


朔と藤花は、小さな庵に案内された。

草ぶきの屋根には、雪が積もっている。

まるで世界のすべてから、忘れられたような建物だ。ここだけが百年も前のように見えた。

古ぼけた外壁の前には、スーツ姿の見張りが二人立っている。冬夜の顔を確認すると、彼らは礼をしてとおした。冬夜のたくらみについては、おそらく知らないのだろうと予測がつく。

だが、告げ口はできなかった。そうすれば、冬夜にすぐにでも殺されるだろう。

堂々と会釈をして、冬夜は庵の扉を開いた。

埃臭い空気が一斉に溢れだす。

首を伸ばして、朔は中を見た。

庵の内部には、ひと部屋だけが設けられていた。その奥に、狭い座敷牢が造られている。

中には二人の人間が座っていた。

体格のよく似た、若い男たちだ。

彼らは互いを凝視している。片方の目は不思議な蒼（あお）色に輝いていた。その鮮やかさは人の持つ色素とは異なった。『異能を無効化する』目の持ち主はそちらだろう。そう、朔は判断した。

「さて、それじゃあ、開こうかな」

冬夜は座敷牢に近づいた。重い錠前に、彼は細い鍵を差しこむ。冬夜はそれを回した。

かちり、と音がひびく。

「そこまで、にしよう」

急に、藤花が言った。

冬夜は振り向く。彼は首をかしげた。愚者に言い聞かせるひびきをもって、冬夜はたずねる。

「いまさら、『本物の神様』を僕に移すという計画をやめられると思うのかい？」

「違うよ」

「なにが」

不機嫌に、冬夜はたずねる。いらいらと彼は指先を動かした。

藤花は目を閉じ、開いた。流れるように、彼女は答えを謡う。

「僕は君じゃなくて、朔君に言ったんだ」

それでも、朔は動いた。

鋭く、畳を蹴る。手にしたナイフを、彼は振るった。冬夜の胸に、それは突き刺さりかける。
だが、藤花が冬夜の服のそでをひっぱった。ナイフは空を掻く。歯を噛みしめて、朔は尋ねた。
「いつから気づいていたんだ、藤花？」
そして、彼はその言葉を口にする。

「俺が冬夜を殺すつもりだって」

「最初からだよ」
藤花は言いきった。愛しいものに対しても、彼女はようしゃなどしない。
凛と、『少女たるもの』は己の推測を続けた。

「だって、『神様』の現状をなんとかするには、『第三の解決方法』があったから」

そう、春日に薬を噴霧される直前に。

朔はその選択肢に気づいていたのだ。

＊＊＊

「第三の選択肢……それは『冬夜ではなく、【現在、神様に憑かれている男】の【憑きものを受け入れる素養】のほうを底あげすること』だよ」

なめらかに、
やわらかく、
藤花は語る。

「この方法でも、『神様』による暴走は抑えられて、拮抗状態は崩せる……けれども」

「それでは、別に俺にメリットはない」

朔は言った。それでは、支える相手が冬夜から『神様の憑いている男』に変わるだけだ。

とうぜんの指摘に、藤花はうんとうなずいた。だが、まだ先があると彼女は話を続ける。

「そう、朔君の目的はもっと別にあったんだ。『拮抗状態を崩すことで、【異能を消去できる目の持ち主】は自由になる』。彼に、朔君の能力向上の異能を消してもらうんだよ。それこそが、朔君の目的だったんだ。そうすれば、もう誰も、僕たちのことなんて追わなくなるからね」

思わず、朔はうつむいた。

当たりだ。

異能者は、朔を求める。目の情報の拡散も終わっていた。藤咲には現在死亡情報が伝えられているが山査子冬夜のもとから逃れればすぐにバレるだろう。異能者たちの追跡から逃れるには眼球を潰すしかなかった。だが藤花の笑顔が見られなくなることに、彼は耐えきれなかった。

だから、朔は異能消去の道を考えた。

そのためには『異能消去者』が必要で。

山査子冬夜のことは、ただ邪魔だった。

だから、春日に気絶させられたあと、彼は夢の中でたずねたのだ。

永遠の鳥籠の中にいた少女に。


『あなたが生きていれば、俺が【やるべきか否か】を、問うこともできたのでしょうか？』

殺るべきか、否かを。

少女は、答えなかった。
彼女のほほ笑みは完璧で、
そして、もはや、虚ろだ。

だが、死んだ少女と違って、藤咲藤花は生きている。

止まることなく、彼女は朔の犯そうとしていた罪の根拠を暴きたてた。

「それに鳥子さんたちと脱出するときも、朔君はおかしかった。大食堂から持ちだしたナイフを、君は『武器』ではなく、『凶器』と呼んだ。防衛に使う予定のものへ向ける言葉じゃない」

「そんなささいなところからも、気づかれていたのか」

「うん……しかも、山査子春日相手にはナイフという武器を選ぶこと自体が変だった。僕は『抱きついて使う』という方法をとれたけれども、そうでなければ蝶の攻撃に対し、ナイフはあまりにリーチが短い。悪手だ……つまり、朔君は『ナイフは最初から山査子冬夜相手に使うつもりだった』んだよ……こうなることを君は予想していたんだ」

そう、本家に連絡が入った以上、冬夜は動くだろうと、朔は考えていた。

だから、急な展開を前にしてもおちついていたのだ。また、彼は思った。

逃げ続けてきたものに、
『殺人』という、重罪に、
ついに追いつかれたと。

「なるほどね……そして、僕の死んだあとは『神様』と『消去者』をふたたび拮抗状態にもどすつもりだったのか……あるいは、妹君殿という追っ手をそれどころではなくするために、『神様』を暴走状態のまま放置するつもりだったのか……どちらかはわからないけれどね」

ふむと、冬夜は言う。

かすかに、朔は笑った。

自身でも恐ろしい考えだとは思うが、彼は後者を選ぶつもりだった。

おそらく、冬夜の『世界が滅ぶ』との言葉は比喩にすぎない。強力な異能者の暴走が起きても、被害はあくまでも山査子内部にとどまるだろう。そう、朔は判断したのだ。

だが、たくさんの人が殺されることにまちがいはなかった。

＊＊＊

多くが、多くが、多くが、みんなが、死ぬ。

だが、朔はそんなことはどうでもよかった。

永瀬未知留が恋に生きた鬼であったように、

藤咲藤花が、愛に殉じた鬼であるがごとく、藤咲朔もまた、もはや人ではなかった。

彼は鬼だ。
鬼だった。

愛とは、そういうものである。
彼はそう決め、覚悟したのだ。

たとえ、まちがっていたとしても。

だが、

「藤花、なんでおまえが俺を止めるんだ？」

すべてを、わかっていたというのに、
どうして、朔のことを止めたのかと。

わからないと、彼は問う。

すべては藤花のためなのに。

『少女たるもの』は、
いとしいもの、は、

ほほ笑んで、朔を見つめた。

悲しそうに、
泣きそうに。
彼女は言う。

「僕は朔君に、人を殺して欲しくなかったんだよ」

＊＊＊

「朔君、君は人を殺しちゃ駄目だ」

藤咲藤花はつむぐ。

心からのきれいごとを。

「そんなことはしちゃいけない。僕は人殺しだ。でも、朔君はそうなっちゃ駄目なんだ。だからこそ、僕には、君にその手を血で汚して欲しくはなかった」

彼女は告げる。だから、自分にとっても都合が悪いことを承知のうえで、朔を止めたのだと。

だが、そんな理由かと朔は思った。いまさらだと、彼は吐き捨てるように考える。もう遅い。

もう、なにもかもがあまりにも遅い。

彼の手は、とっくの昔に汚れている。

あの哀れな女性の血で。

「俺も人殺しだよ。永瀬未知留は俺が殺した」

「違う。彼女を刺したのは甲斐羅君だ。それに、ほとんど自殺と同じだった。だから……」

「違うんだ、藤花。未知留は俺が殺したんだ」

子供に言い聞かせる口調で、朔は語った。

それだけは、絶対に変わることはないと。

「その罪は背負わなくちゃならない……そうしなければ、彼女が救われない」

いや、それすらも自己満足だ。

救いなどない。

最初から存在しない。

それでも、朔だけは彼女を突き放した事実を忘れてはならなかった。彼は未知留の必死にすがった恋を無惨に絶った。それが、『死ね』と告げるのと同じ意味だと知りながら。


だから、彼女は死んだのだ。


『なんの意味もなかったのに』

そう、悲しい涙を落として。


朔が選んで。

朔が殺した。


その事実は、変わらない。

決して変えてはならない。


「藤花にも、この罪だけは否定できないんだよ」

「朔君、今の君は『醜い地獄』の中にいる。そこは、誰かが生きるために、誰かが犠牲にされる場所だ。あるいは誰かの感情の昇華のために、誰かに牙が立てられる場所だ」

ぎゅっと、藤花は自身の胸に掌を押しつける。

そして、これ以上なく真剣に、真摯に語った。

「そんなところにいちゃ駄目だ。それでは、やがて君自身が死ぬことになる！」

「それでも、俺は藤花を守りたい。おまえといっしょにいたい」

だから、朔は醜い地獄の中にいるしかなかった。

人を自分たちのために殺すという、地獄の底に。

「そのためには、この目が邪魔なんだ。だから、こうするほかになかったんだよ！」

「……朔君」

「あのね、君たち」

不意に、藤花と朔に声がかけられた。互いに集中していた二人はきょとんとする。

見れば、冬夜が片手を挙げていた。歳若い生徒のごとく、生真面目に、彼は言う。

「ちょっといいかな?」

「なんの用だ?」

「いや、忘れているようだけれども、僕は人殺しでね」

流れるように、彼は物騒なことを語った。その証拠のように、冬夜はそで口に仕込んでいた、
細長い刃を落とす。アイスピックに似た武器だ。人を刺殺することに、長けた形状をしている。

朔はぞっとした。自分が冬夜を殺そうとしていた事実を、彼は今更突きつけられる。

そして、冬夜は宣言した。

「殺されかけたのに、そのまま二人ともを自由にしておくほど、僕は甘くないよ」

くるくると、冬夜は刃を回した。素人では不可能な動きだ。

以前、思ったことを、朔は再び脳内でくりかえす。

異能がなくとも、人は殺すことができる。

一歩、朔は後ろにさがった。冬夜が卓越した殺し屋であるむねは聞いていた。だから不意を
打って彼は殺そうとしたのだ。だが、今やそれはだいなしとなった。他でもない、藤花の愛で。

強く、朔は歯噛みする。

その前で、冬夜は小さく口笛を吹いた。

「そうだな……藤花君は殺して……朔君は四肢を落として、口を固定し、自害できないようにしたうえで、まぶたを縫いつけようかな。本当は、君には俺の右腕になって欲しかったんだけれどね。残念だが、その目の干からびる前に、山査子(さんざし)を完全掌握できればよしとするよ」

「藤花、逃げろ！」

「嫌だよ、朔君！」

必死に、朔は叫んだ。

藤花は首を横に振る。

馬鹿と、朔は思った。彼女が殺されることだけはごめんだ。それでは、なんの意味もない。

今までないがしろにしたすべてに、意味がなくなる。

踏みつけてきた。

なにもかも、に。

「遅いよ」

冬夜は動く。その走りには肉食獣のように無駄がない。なめらかに、彼の腕は弧を描いた。

藤花に刃が迫る。

朔は飛びだした。

そのときだ。

ひら、ひらり、
蝶が、舞った。

紅が。

紅が、蒼が、黄が、碧が、紫が、橙が、灰が、白が、黒が。

さまざまな、色彩の奔流が飛びこんだ。
豪奢で鮮やかなものが、朔たちを包む。

バッと、それは花吹雪のように左右に散った。

「ごめんください」

波の中心には人が立っていた。見張りは殺したのだろう。彼女は新たな血を浴びている。もう、その衣装は血を吸いこめない。黒く染まったロリータに身を包み、彼女は優雅な礼をした。

「ごきげん麗しゅう、兄上殿」

山査子春日。

彼女は嗤う。

「約束どおりに、ぶっ殺しにきましたよ」

＊＊＊

冬と春。

兄と妹。

運命のように、二人は見つめあった。

春日は大量の蝶を連れて。

冬夜は凶器をたずさえて。

思わず、朔は声をだした。

「おいっ」

「君が自分のことを人殺しだと言っても、僕は認めないからね」

「藤花、わかってくれ。俺はどうせ……」

「聞かないよ。人殺しは僕のほうだ。僕だけだ。それで十分さ」

藤花は言いきる。朔は唇を噛んだ。

この言葉だけは、彼女に届かない。

二人の前で、春日は目を細めた。歌うように、彼女は言う。

「あいかわらず、仲がいいなぁ。うらやましいよ、朔君。私は本気で藤花君が欲しかった」

「おや、フラれたのかい、妹君殿？」

「ふふっ」

リーチと手数では、春日が圧倒的に有利だ。だが、冬夜の実力は底知れない。

息を呑み、朔はゆっくりと動いた。二人を刺激しないように、彼は藤花の隣へ移動する。その手から、朔は藤花にナイフをうばわれた。凶器を、彼女は床へ投げ捨てる。鋭い音が鳴った。

「へえっ」

「それはあなたもでしょう、兄上殿。朔君にフラれたくせに」
くっくっと、春日は笑う。
冬夜は肩をすくめた。春日は彼を見つめる。
かすかに冬夜は唇を歪めた。春日も同じ顔をする。
やはり鏡写しだ。
朔は推測した。きっと、幼いころから、二人はこうだったのだろうと。
病めるときも。
健やかなるときも。
そう思える表情を、兄妹は浮かべていた。
ひらひらり、
蝶が、舞う。
その中で、春日はささやいた。
「もっと、早くにこうするべきでしたね、兄上殿」
「確かに、僕にもそんな気はしているよ、妹君殿」
春日はささやく。
冬夜はうなずく。
兄と妹は、互いの殺意を肯定した。

「わかりやすく、もっと、単純明快に、私たちは殺しあいをするべきだった」

「まずはそうしたほうがよほどすっきりしていた。僕もそう思うよ、妹君殿」

冬夜は言う。彼は凶器をかまえる。

春日は笑う。彼女は蝶を展開する。


「あなたなんて大嫌いだ」

「それは僕のセリフだよ」


どこか幼く、二人は言いあった。

そのさまはただの喧嘩のようだ。


実際、ただの喧嘩なのだろう。

そうして、兄と妹は殺しあう。


ぎらり、刃が光る。

ひらり、蝶が舞う。

「行くよ」

「おいで」

そして、
二人は、

『彼』に裏切られた。

＊＊＊

「えっ？」

「えっ？」

同時に、春日と冬夜は声をあげた。

その様子も、またそっくりだった。

座敷牢（ざしきろう）は鍵が開いていた。冬夜が解錠をしたままだったのだ。

そこから若い男が飛びだしてきた。

場は混迷し、見張りは死んでいる。


今ならば逃げられると、判断したのだろう。おそらく、人としての尊厳と生きかたを求めた鳥子(とりこ)たちと同様に――彼は自分に課された運命を、けっして受け入れてなどいなかったのだ。

蒼(あお)く目を光らせて、異能消去者は走りだす。

『神様』を抑えるという重責を放って、彼は逃げだした。だが、直線上には冬夜(とうや)がいる。

瞬間、異能消去者はナイフを拾った。

「うわあああああああああああああああああああああああああっ！」

叫びながら、男は前のめりに突っこんだ。彼は冬夜へと向かう。

冬夜は油断していた。男に裏切られるとは予想しなかったのだ。

そうして、
刺された。

冬夜を突き飛ばした。

春が。

山査子春日が。

＊＊＊

蝶が飛んでいる。

ひら、ひらり。

うす暗くかげった空間を、まるで薄紙が舞うかのごとく踊っている。

そのさまは桜の花弁にも似て、また、違った華やかさを誇っていた。

蝶が飛ぶ光景は淡く、儚くも見える。それなのに、どこかしっかりとした芯の強さも感じさせた。蝶が生き物であることから、その印象はくるものだろうか。桜の花弁とは異なり、彼らが己の意志を持つように思えるためであろうか。

そう、朔は考える。続けて、彼は目をとじた。

（ああ、だが、ここにいる蝶たちは）

一匹たりとも、生命ではないのだ。


この絢爛に舞う蝶の群れは、すべて異能で生みだされたものたちだけで構成されていた。

術師が死ねば、脆くも消える。蝶たちは、そういう哀れな存在だ。

同時に、朔は思い悩む。それは、本当に哀れなことなのだろうか。


いつ、いかなるときでも死にかねないのは人も同じだ。

ちょうど、間近でくりひろげられている光景のように。


朔は目を開く。


彼の前には、冬夜と春日がいた。

冬夜のほうは血にまみれている。

猫の面を頭に載せた冬夜と、ホワイトロリータを着た春日。本来ならば、春日のほうが血に濡れるはずだった。だが、彼女の衣服は、すでに限界まで黒く染まっている。そのせいで、血の色は見えはしなかった。結果、春日の腹から吹きだした紅は、駆け寄った冬夜だけを染めた。

冬夜は春日を覗きこむ。

ふたりはまったく似ていない。だが、鏡映しのように瓜ふたつでもあった。

朔は察している。

この二人は、根底が同じなのだ。

両者は血をわけた兄妹であり、精神性が近く、魂の底の部分が癒着していた。まるで細かな根が絡みあい、繋がってしまった植物のように。それでいて、彼らは激しく憎みあってもいた。片方が生きていては、息もできぬかのごとく。

その憎悪は深く、強く、鮮烈で、
とてもとても、馬鹿らしかった。

他でもない彼ら自身も、そう知っている。


そのことも、朔は把握していた。

だからこそ今、冬夜のほうは言うのだ。

「なぜだろうね、妹君殿。今まで、僕らは何度も互いを殺そうとしてきた。それなのに、僕はこの結末を予想しなかったんだよ」

「甘いですね、兄上殿。私は何度も思い描いてきましたよ」

不敵に笑って、春日(かすが)は応える。その肩のうえに、蒼い蝶(あおちょう)が止まった。ひらひらと、蝶は羽根を動かす。鮮やかに飾られながら、彼女は続けた。


「私たちは、必ず死に別れるだろうとね」


その声は、楽しそうで。

確かに悲しそうだった。


そうして、長い、長い、長い。

幕引きまでの時間が始まった。

＊＊＊

「私は、べつにあなたに死んで欲しくなんてなかったんだ」

ひらひら、ひらり。
十と、百と、千と。

蝶が舞う。
蝶が飛ぶ。

主人の嘆きを、表明するかのように。
息もできないような、色の海の中で。

「……………いまさらだよ」

冬夜(とうや)はつぶやいた。

突き放すでも、
怒るでもなく、

ただ事実を告げる声で。

「なにもかもが、いまさらだ」

時は、戻らない。
血も、還らない。

そうして、兄妹は死に別れる。

＊＊＊

ふうっ、と。
蝶は消えた。

十と百と千と、鮮やかに。

舞っていた姿は失われる。
そして春日は動かなくなった。
さよならすら、言うことなく。
自然と、朔たちは悟った。
山査子春日は死んだのだ。

もう、命がもどることはない。
人生は舞台だと、人とは役者だと、かつて春日はさえずった。
そして、ゆるやかにその緞帳は降りたのだ。

終演のブザーは鳴った。
二度と、幕は開かない。

気がつけば、庵の扉は開け放たれていた。そこから、異能消去者の男は逃げだしたのだ。
同時に座敷牢にも変化が起きはじめていた。『神様』との拮抗状態はすでに崩れている。

なにが起きるか、朔は知っていた。

　つまり、暴走が始まるのだ。

『神様』の憑いた男が、うめき声をあげた。ガリリッと、音がひびく。獣のように、彼は畳を掻いた。自分の爪先を割りながら、男は傷をつけていく。ガリリッ、ガリリッ、ガリリッ、と。

ガリリッ、ガリリッ、ガリッ、ガッ、ガッ、ガッガ
　その音が不快に続く中、冬夜は言った。

「逃げたまえ」

「……えっ？」

「逃げたまえ、君たち」

　朔はあぜんとした。

　なぜ、冬夜が逃げろなどと言うのか。意味がわからなかった。

　無為に、朔と藤花を逃がそうとするような人間性を、彼は持ってなどはいなかったはずだ。

　そう、冬夜自身も思っているらしい。彼は首を横に振った。だが、疲れきった声でつぶやく。

「前に、僕は『世界が滅ぶ』と言ったね。実は、あれは比喩じゃないんだ。前回の被害は山査子内で抑えられた。だが、暴走が続けば、本当に世界は滅びかねない」

　朔は目を見開いた。そんな結末はまったく予想しない。

今から、世界は終わるんだよと。
そんな子供に聞かせるような言葉を、受け止められるわけがなかった。
朔は動揺する。いっぽうで、冬夜はおだやかに語った。
「そして、どうせ世界が終わるというのならば、僕はここで終わりたい」
彼は春日(かすが)の顔を撫(な)でた。
ただ一人の妹のことを。
朔は考える。
人が人をなによりも大切に思うとしたら、
それは、たった一人だけ。
親愛でも。
憎悪でも。

そして、一人が、

死んだとすれば。

「ついでだ、足止めくらいならしてやるよ。君たちは好きなところで死ぬといい」

そう、冬夜はそっけなく言い放った。もう、彼は二人を振り向くことはない。

小さく、藤花は朔のそでを引いた。朔はうなずく。真剣な声で、彼は言った。

「俺たちは二人で生きるよ」

「そうかい……足掻くのか」

「でも、死ぬときは、藤花を守って死ぬ」

「……それは、いいことだね」

冬夜は、笑う。

たとえば春を。

冬が守ればよかったと。

そうして嘆くかのように。

でも、

なにもかもが、いまさらだ。

「行きたまえ、朔君、藤花君」

朔は走りだす。

藤花が続く。

けっして二人は手を離さない。

そうして、二人は逃げだした。

遠く、

遠くへ。

＊＊＊

けれども、最後に。


わずかに、朔は後ろを振り向いた。

どろりと、『神様』の憑いた男の体から、濃淡のついた、形容しがたい黒色があふれだした。

大きな手のような、肉の塊のようななにかが、男の肉からはみでている。

その変化は、朔たちが今までに見たことがないものだった。

とても禍々しく、また恐ろしい。

朔は悟る。

アレは、人の相手にしてはならないものだ。

それを前に、冬夜は恐れることなく刃をかまえる。そして、彼は皮肉げにつぶやいた。


「おはよう、かみさま」

エピローグ　座敷牢に残されていた異能消去者の男の書き置き

『本物の神様』とはいったいなんなのか。

それが本当はなんなのかを、飯係の落としていったペンで書き記しておきたいと思う。ひどく乱れた字になっているだろうが、許して欲しい。今、この時も、俺は『本物の神様』から目を離すことを許されてはいないのだから。現状は地獄だ。

俺は『本物の神様』を抑えること以外の自由をすべてとりあげられている。

この生き地獄から逃れるために、この目を潰すことも考えた。だが、勇気がでない。

『見えるものが見えなくなる』ということは、それだけ俺にとっては恐ろしいことだ。それに異能消去能力を失った俺は、まちがいなく山査子に殺される。それでは盲目になる意味がない。

ああ、話がズレたな。許して欲しい。

語ろう。『本物の神様』とはなにか。

そんなものはいない。

これは神様ではない。これは神様ではない。これは神様ではない。これは神様ではない。これは神様ではない。これは神様ではない。これは神様ではない。これは神様ではない。これは神様ではない。これは神様ではない。これは神様ではない。これは神様ではない。これは神様ではない。これは神様ではない。これは神様ではない。これは神様ではない。これは神様ではない。これは神様ではない。

神様ではないのだ。
ならば、ナニカ？

わからない。
ただ、『世を滅ぼす憑きもの』であることは確かだ。

山査子は、コレを制御可能だと思っている。だが、そうではない。
コレは、山査子の異能を借りて現世へ姿を見せた、手をとってはいけないナニカだ。コレは血と肉と破壊と滅びを求めている。コレは世界を呪っている。コレの邪悪さを、俺は見つめあっていたあいだに思い知っている。だが、誰もその事実に耳をかたむけてはくれないのだ。

想像してみて欲しい。

自分が目を逸らせば、世界が滅ぶ。
その心地がいったいどんなものかを。

だから、俺は今まで『本物の神様』と称えられる、化け物を抑えてつけてきた。だが、もう限界だ。次に、次に、次にチャンスがあれば俺は絶対に逃げる。確実に逃げる。後のことは力に固執した、山査子の誰かがどうにかすればよい。

もうなにもかも、知るものか。

そうして、
そうして？

なにが起きた？

あとがき

三巻をお読みいただき、ありがとうございます。綾里けいしです。

醜い地獄めぐりと冬と春の兄妹はいかがだったでしょうか？　少しでもお楽しみいただけたのならば心より幸いに思います。今巻もお支えいただきました編集K様、素晴らしいイラストをくださいました生川（なまかわ）先生、大切な家族の皆、そしてなによりも読者さまに心からお礼を申しあげます。本当にありがとうございました。次巻もお読みいただければとても嬉（うれ）しく思います。

今回はあとがきが四ページもあるためせっかくなので一巻のときと同様におまけSSを書きました。この続きに置いておきますので、冬と春のおまけとしてお読みいただければ幸いです。

では、どうぞ。

＊＊＊

殺さねばならないのだ。

幼いころから、彼はそう思っていた。そこには、たしかな憎しみがあった。

いつからか冬は春を嫌い、春も冬を蔑（さげす）むようになった。その理由はあいまいなようでいて、明白だった。兄と妹はとても優秀だったのだ。ゆえに、野心家の多い山査子（さんざし）のなかでも、互いの敵となるのは互いしかいない。そう、本能的に察し、理性的に警戒していたのだ。

だから、殺さねばならなかった。
まるで、運命であるかのように。

はじめて人を殺した日から、山査子冬夜（とうや）は猫の仮面をつけるようになった。意味は特にない。そこに、感傷的な理由はなにひとつとして横たわってなどいなかった。ただ、ひとつ。無理やり関係性を見出だすのならば、春日（かすが）が猫を嫌いなことが意識の端に引っかかっていたように思う。猫に殺されたのならばあの妹はさぞかし嫌な顔をして死ぬだろう。そう考えると愉快だった。

かと思えば、春日はホワイトロリータをまとうようになった。おそらく、冬夜が男女というものを基本的に好いてはいないせいだった。だからこそ、妹は少女性の象徴のようなドレスを着るのだ。冬夜を殺したときに、嫌そうな顔で死ぬのが見たいという、ただそれだけのために。

その事実に気づいているからこそ、ふたりは言いあった。

「本当にあなたは性格が悪いですね、兄上殿」
「それはこちらのセリフだよ、妹君殿」
「ああ、まったく、忌々しい男だ、あなたは」
「性根がねじくれて歪み果てているね、おまえは」
「兄上殿こそ」
「妹君殿には劣るとも」

ああ、けれども、その服装の選択は。考えてみれば、相手のためだけに己を飾ってきたようなものだった。

今、『神様』の前で刃をかまえながら、冬夜は思う。『私は、べつにあなたに死んで欲しくなんてなかったんだ』。そう、春の妹は言い遺した。ならば、冬の兄のほうはどうだったのか？

本当は彼は。

「知らないよ」

嚙みしめるように冬夜はつぶやく。
「知りなどしないよ、そんなことは」

なにもかもが、いまさらだ。

だから、冬夜は胸のなかを満たす想いを口にはしない。ただいつものように、人の限界を超えた速度で床を蹴った。『神様』に、彼は肉薄する。その首を切ろうとした瞬間のことだった。

異質な黒が、『神様』の腕が振るわれた。
最後に聞こえたのは、生意気な高い声。

『兄上殿』

思い出すのは春の季節。
己の憎んだただひとり。

こうして、冬は春の後を追った。

GAGAGAGAGAGAGAGAGAGA

されど罪人は竜と踊る①

Dances with the Dragons

著／浅井ラボ

イラスト／宮城

定価：本体 686 円＋税

途方もない物理現象を巻き起こす方程式、呪式。それを使う攻性呪式士である
ガユスとギギナのもとに、今日も危険きわまりない「仕事」が舞い込む。
「されど罪人は竜と踊る」第１巻が、大幅加筆され完全真説版になった!!

GAGAGA
ガガガ文庫

霊能探偵・藤咲藤花は人の惨劇を嗤わない3

綾里けいし

発行　2022年12月25日　初版第1刷発行

発行人　鳥光 裕

編集人　星野博規

編集　小山玲央

発行所　株式会社小学館
〒101-8001 東京都千代田区一ツ橋2-3-1
[編集] 03-3230-9343　[販売] 03-5281-3556

カバー印刷　株式会社美松堂

印刷・製本　図書印刷株式会社

Printed in Japan　ISBN978-4-09-453107-7

第18回小学館ライトノベル大賞
応募要項!!!!!!!!!!!!!!!!!!!!!!!!!!!!!

ゲスト審査員は宇佐義大氏!!!!!!!!!!!!

（プロデューサー、株式会社グッドスマイルカンパニー 取締役、株式会社トリガー 代表取締役副社長）

大賞：200万円＆デビュー確約
ガガガ賞：100万円＆デビュー確約
優秀賞：50万円＆デビュー確約
審査員特別賞：50万円＆デビュー確約

第一次審査通過者全員に、評価シート＆寸評をお送りします

内容 ビジュアルが付くことを意識した、エンターテインメント小説であること。ファンタジー、ミステリー、恋愛、ＳＦなどジャンルは不問。商業的に未発表作品であること。
（同人誌や営利目的でない個人のWEB上での作品掲載は可。その場合は同人誌名またはサイト名を明記のこと）

選考 ガガガ文庫編集部＋ゲスト審査員 宇佐義大

資格 プロ・アマ・年齢不問

原稿枚数 ワープロ原稿の規定書式【1枚に42字×34行、縦書き】で、70～150枚。

締め切り 2023年9月末日（当日消印有効）
※Web投稿は日付変更までにアップロード完了。

発表 2024年3月刊『ガ報』、及びガガガ文庫公式WEBサイト GAGAGA WIREにて

紙での応募 次の3点を番号順に重ね合わせ、右上をクリップ等（※紐は不可）で綴じて送ってください。※手書き原稿での応募は不可。
① 作品タイトル、原稿枚数、郵便番号、住所、氏名（本名、ペンネーム使用の場合はペンネームも併記）、年齢、略歴、電話番号の順に明記した紙
② 800字以内であらすじ
③ 応募作品（必ずページ順に番号をふること）

応募先 〒101-8001 東京都千代田区一ツ橋 2-3-1
小学館　第四コミック局　ライトノベル大賞係

Webでの応募 ガガガ文庫公式WEBサイト GAGAGA WIREの小学館ライトノベル大賞ページから専用の作品投稿フォームにアクセス、必要情報を入力の上、ご応募ください。
※データ形式は、テキスト（txt）、ワード（doc、docx）のみとなります。
※Webと郵送で同一作品の応募はしないようにしてください。
※同一回の応募において、改稿版を含め同じ作品は一度しか投稿できません。よく推敲の上、アップロードください。

注意 ○応募作品は返却致しません。○選考に関するお問い合わせには応じられません。○二重投稿作品はいっさい受け付けません。○受賞作品の出版権及び映像化、コミック化、ゲーム化などの二次使用権はすべて小学館に帰属します。別途、規定の印税をお支払いいたします。○応募された方の個人情報は、本大賞以外の目的に利用することはありません。○事故防止の観点から、追跡サービス等が可能な配送方法を利用されることをおすすめします。○作品を複数応募する場合は、一作品ごとに別々の封筒に入れてご応募ください。